Когда все дома

Марианна Гончарова

Теплый талисман

ЭКСМО

МОСКВА

УДК 82-3
ББК 84(2Рос-Рус)6-4
Г 65

В оформлении переплета использована
картина Галины Поповой «Утро»

Издательство выражает благодарность В. И. Хаиту
за содействие в приобретении прав

Гончарова М. Б.

Г 65   Теплый талисман / Марианна Гончарова. —
М. : Эксмо, 2012. — 320 с.

ISBN 978-5-699-59213-5

Как говорил Чехов, одиночество звучит не так ужасно,
если назвать его уединением. А если твое уединение разде-
лит кошка или собака, попугай или даже лягушка, может по-
лучиться дружная, теплая, уютная компания. И не так страшно
будет возвращаться домой с работы, если там кто-то мяукает,
лает или просто молча сидит в клетке и ждет тебя.

Марианна Гончарова рассказывает полные доброго
юмора истории из жизни братьев наших меньших и их хозяев. «Теплый талисман» — это книга для цветения души
и сердца в эпоху равнодушия и холодности!

УДК 82-3
ББК 84(2Рос-Рус)6-4

ISBN 978-5-699-59213-5

Еду в Одессу

О МАРУСЕ
БОЛЬШОЙ И МАЛЕНЬКОЙ

ПИНГВИН

Однажды Маруся пошла в зоопарк. Там она встретила Пингвина. Пингвин был элегантен, одинок и печален.

— Ну? На что жалуемся? — осведомилась Маруся.

— Я — гордая птица пингвин. Так? — спросил Пингвин.

— Так, — согласилась Маруся.

— Если я птица, отчего же я не летаю, как птица? — обиделся Пингвин.

— Видите ли, — ответила Маруся, — тут ведь главное — захотеть.

Пингвин задумался, потом слегка разбежался и полетел. Маруся приложила ладошку ко лбу козырьком, полюбовалась пингвиньим полетом, подумала, что в жизни так мало красивых минут, и пошла к верблюдам. У них ведь тоже сплошные проблемы.

ЧАЙ

Когда Маруся была совсем маленькой, любую жидкость она упорно называла «чай».

— Не чай, а мо-ло-ко... — терпеливо объясняла мама.

— Чай!

— Молоко!

— Чай!

— Это сок! Сок! Сок! Повтори!

— Это чай! Чай! Чай!

— Это лужа. Грязная лужа!

— Это чай! Чай! Лужа с чаем!

— Море! Это море! Ах! Большое море!

— Ах! Чай! Большо-о-ой чай!

Сейчас Маруся уже взрослая и все называет своими именами. Сок — соком, лужу — лужей, море — морем.

Но так иногда хочется в чае поплавать!..

ПАРОЛЬ

Однажды, когда Маруся уже была большая, в ее квартире полетела отопительная система. Пришли мастера и стали эту отопительную систему восстанавливать. Но у Маруси дома живет большая собака Чак. Чак дежурит у входной двери, чтобы вырваться и удрать. Чак не дает мастерам ходить туда-сюда, чтобы чинить отопление. Но достаточно сказать ему «Чак! Купаться!», как он прячется в самый укромный уголок квартиры и там сидит некоторое время, никому не мешает. А главное, не путается в ногах у мастеров. И те беспрепятственно могут ходить туда-сюда и чинить отопительную систему, чтобы потом дома было тепло.

А тут Марусе уйти понадобилось. Ну очень срочно! Очень. Она и говорит мастерам, что уйдет ненадолго, а если Чак снова у двери входной крутиться будет, достаточно сказать ему «Купаться!» — он исчезнет и мешать не станет.

Возвращается Маруся и видит: Чак воет и царапает входную дверь. А один из мастеров стоит рядом, не смея через него переступить, и монотонно повторяет, подбирая пароль:

— Чак, мыться!

— Гав!

— Чак, умываться!

— Гав!

— Чак, плавать!

— Гав!

— Чак! Плескаться!..

— Гав!

— Купаться! — крикнула подоспевшая Маруся. И Чак убежал.

Главное — вовремя сказать правильные слова.

ЗОНТИК

Однажды Маруся поехала вместе с папой к нему на работу. Шел дождь. И Маруся захватила с собой зонтик. А зонтик у Маруси новенький, чудесный. Только вчера мама купила, а сегодня, пожалуйста, — дождь. Зонтик желтый, с большой рисованной заячьей мордочкой и торчащими на каркасах ушками. Если смотреть на девочку с зонтиком — кажется, что это большой желтый заяц с длинными ушами и с девочкиными ногами вышел погулять под дождем.

Марусин папа — начальник, очень деловой и строгий. Вот подъезжает Марусин папа на машине к работе под названием «объект», подъезжает и видит: непорядок. Рабочие столпились на улице и ничего не делают. Наверное, потому, что дождь.

Но Марусин папа выскочил из машины ругаться, и Маруся ему услужливо зонтик свой сунула, чтобы папа под дождем не промок. Папа раскрыл зонтик-зайца и к рабочим побежал. И ну кричать.

— Почему стоите? — это папа строго.

А рабочие:

— Га-га-га!!!

А Марусин папа не привык, чтобы смеялись, когда он ругается. Он опять строго:

— Почему стоите? Почему не работаете?!

— Га-га-га!!!

— Почему техника простаивает?!

А рабочие еще громче:

— Га-га-га!!!

Конечно, весело, когда большой желтый заяц в костюме с галстуком по-человечьи ругается. А папа под зонтиком с ушами растерялся, покраснел. Стал себя оглядывать, недоумевая, почему рабочие смеются.

— Дураки какие-то вообще... — сконфуженно так проворчал.

Маруся в машине тоже хихикала. Потому что хотя и дождь, а все равно весело.

ЧУЖАЯ СЛАВА

Однажды Маруся везла из Англии подаренные ей два старинных тома Роберта Бернса с иллюстрациями ручной печати. А таможенник в аэропорту Хитроу ей и говорит:

— О-о! Нет-нет! Это очень ре-е-едкие книги. Надо прове-е-ерить, надо вызвать экспе-е-ерта!

А у Маруси самолет через двадцать минут.

— Ах, так?! — возмутилась Маруся. — Тогда я про вас все-все напишу! Напишу-напишу! Я журналист, поняли?! Я писатель, поняли?! Пи-са-тель!!!

— Писатель?! — недоверчиво переспросил таможенник.

— Писатель!

— Солзеницкий? — осторожно осведомился таможенник.

Маруся долго хохотала. А Бернса ей отдали и так, без проверки.

ПРОФЕССОР

Однажды Маруся училась в университете. И как-то на перемене ее тихонько подозвал к себе Ярослав Иванович Пащук, декан факультета иностранных языков, и говорит:

— Маруся, беги в свою группу и предупреди студентов, что сейчас у вас на паре будет сидеть профессор из Киева, Вишняков Пал Палыч. Понятно?

Маруся кивнула и помчалась в аудиторию. Забегает, а все ее однокурсники сидят тихо-тихо и что-то зубрят. Ну, Маруся и выпалила то, что Ярослав Иванович Пащук ей только что сказал. И видит, что все на нее странно смотрят. А Сашка Белов вообще у виска пальцем крутит и назад головой кивает. И видит Маруся, что на задней парте сидит человек, молодой, но представительный. И улыбается.

Маруся стала извиняться и раскланиваться: мол, простите, Вишняков Пал Палыч, извините. А в это время в аудиторию вбегает Елена Владимировна, преподаватель теорфонетики. И заговорщицки так шепчет:

— Друзья мои... — она всегда к студентам так обращалась, — ничего страшного, но, пожалуйста, больше ответственности, у нас на паре будет присутствовать профессор из Киева Вишняков Пал Палыч...

Маруся стала кашлять. Громко. И другие стали кашлять. И все глазами Елене Владимировне — мол, да вон же он, сзади сидит!

Елена Владимировна как увидала профессора Вишнякова, молодого и представительного, так дар речи потеряла и стала перебирать бумаги свои в папке, в себя приходить. А тут в аудиторию врывается декан Ярослав Иванович:

— Так... Так... — волнуясь и потирая ладони, приговаривает. — Вы уже готовы? Готовы?! Значит, сосредоточьтесь, сейчас у вас на паре...

Ну, тут уже сам профессор Вишняков стал кашлять. А все студенты во главе с Еленой Владимировной засмеялись — сначала тихо, а потом просто оглушительно...

Пара прошла хорошо. Профессор остался доволен.

А потом Маруся профессору Вишнякову Пал Палычу город показывала, а на следующий день, в субботу, они вместе в парке на роликах катались и мороженое ели.

Профессора ведь тоже разные бывают.

ХМУРОЕ УТРО

Как-то раз шла Маруся ранним утром на службу не то чтобы злая — злость Марусе неведома, — а не в настроении, потому что праздники затянулись и погода сырая, серая, небо свинцовое, беспросветное, работы полный воз... И вдруг — подарок свыше, знак, можно сказать. В грязном «Москвиче» на заднем сиденье мужичонка, явно ждет кого-то, и не просто ждет — он на баяне играет. И песню поет! Сам себе. Окно открыто. Людей вокруг нет. А он заливается, глаза прикрыв, — так самозабвенно, так счастливо он играет, так яростно рвет меха баяна, мотает головой, то одно ухо к баяну наклонит, то другое...

Постояла Маруся, полюбовалась, завороженная, и дальше пошла, веселей поскакала, потому что радость — вот она...

УРОК ЛИТЕРАТУРЫ

Уроки литературы у девятого класса проходили в кабинете биологии.

Однажды любимая Марусина преподавательница словесности Берта Иосифовна вошла в класс с привычными словами:

— Ну? Что день грядущий мне готовит?

А вот! Шкодливая Маруся повесила на грудь старого школьного скелета табличку «Ленский».

— Чья это работа? — поинтересовалась Берта Иосифовна, строго глядя поверх очков на ухмыляющуюся на первой парте Марусю. — Чья это работа?!

— Онегина, конечно, Берта Иосифовна! — наивно пожала плечами Маруся. — Все он, Онегин... Коварный... — печально вздохнула Маруся.

Берта Иосифовна улыбнулась.

В ГОСТЯХ

Однажды Марусю пригласили в гости ее друзья Аркаша, Лева и Яша. Когда Маруся к ним приехала, они дружно возились на кухне: резали салатики, жарили мясо, накрывали на стол. Как они были обходительны и галантны, как вежливы и гостеприимны! Ничего не забыли: и ножи справа, и крахмальные салфетки, и вставать, когда Маруся вставала, и кофе Марусин любимый ароматный.

Маруся уходила счастливая и очарованная.

И уже после Марусиного ухода друзья расслабились, напились как следует и подрались.

С ТЕХ ПОР
НИКАКИХ КОНКУРСОВ!

Лично я никогда не участвую в конкурсах. Никогда. Какая это глупость, по-моему, — соревноваться, кто умнее, кто красивее, кто толще... Ведь жизнь такая короткая, а все люди так разнообразны, и каждый хорош по-своему, что глупо равнять по линейке всех умных, чтобы определить самого умного, всех красивых, чтобы определить самую красивую, всех веселых, чтобы выбрать самого веселого... И кто это решает? Кто, спрошу я вас?! А решают как раз не самые умные, не самые красивые, не самые веселые...

Скажете, это все спорно? Но все равно еще раз повторю: я в конкурсах не участвую. По своей воле. Разве что в детстве. Но и то когда жизнь заставила. В лице моих учителей, родителей и прочих родных и близких...

Чего-чего, а конкурсов у нас в школе было невероятное количество. Ученики не реже чем раз в неделю в чем-то соревновались, что и выработало, наверное, во мне такую стойкую неприязнь к этому делу.

Например, перед Новым годом в школе всегда проходил конкурс на лучшую Снегурочку. В снегурочки выбирались только отличницы. А кто же еще?! И Снегурочкой на протяжении многих лет избиралась одна и та же девочка, Сара Репетур. У Сары были иссиня-черные косы, темные глаза и густые черные брови. Но надо отдать Саре должное: она прекрасно читала стихи, таким нежным звонким голоском, она была очень доброй девочкой, и все ее любили.

Я лично даже не претендовала на роль Снегурочки, потому что никак не могла выучить таблицу умножения. Вернее, знала ее, но только на десять, на один и на ноль, а на остальные цифры путала. Какая уж тут Снегурочка! Зато как-то в шестом классе по милости подружек я участвовала в конкурсе снежинок. Ой, нас было четверо! Очень высокая Таня по прозвищу Шпала, пышечка Ада, крохотная худосочная Даша и я — в очках с толстыми линзами, тоже не принцесса, надо сказать. Вся эта сомнительная четверка в марлевых пачках, стеклянных коронах и балетках моталась вокруг елки под музыку из «Лебединого озера», взмахивая руками, громко топая пятками и делая отчаянные попытки взлететь. Публика рыдала от восторга. Особенно мальчишечья ее половина. Естественно, надежда стать законными снегурочками растаяла тут же, как только мы завершили свой полет.

Еще был конкурс на лучшую стенную газету «Спутник пятилетки», где авторская группа, в которую я входила, заняла последнее место. А когда я еще училась, кажется, в первом классе, — у нас был конкурс военизированных отрядов, и все октябрята браво маршировали на спортивной площадке и орали строевые песни, демонстрируя мощь и обороноспособность советской страны. Господи, какая эта была мука!..

Но вот один конкурс остался в моей памяти навсегда. Помню, меня, восьмилетнюю, выдвинули от класса участвовать в конкурсе на чтение стихов Пушкина. Я отнеслась к этому очень ответственно и, никого не спросясь, выучила назубок монолог из «Скупого рыцаря».

В школе было грандиозное действо, посвященное юбилею поэта. Оно проходило в несколько этапов: для младших классов, для средних и для старшеклассников.

В самом начале конкурса перед учениками начальной школы даже выступил сам Пушкин — переодетый в бакенбарды и фрак актер нашего местного театра Николай Гузка, талантливый, беспечный и всегда немножко хмельной. Он так и представился: мол, здравствуйте, я — Александр Сергеевич; поспрашивал народ в зале «что в имени тебе моем», заверил публику, что народная тропа еще заведет всех куда надо, и бухнулся после этой феерической декламации за стол, накрытый красной плюшевой скатертью. И прямо так, в гриме, он и просидел весь конкурс, иногда подремывая и во сне валясь на плечи нашей учительницы словесности Берты Иосифовны.

В жюри сидело еще несколько учителей, представитель от гороно и представитель от райкома комсомола Дина Георгиевна, строгая и со значком. Все младшеклассники в основном читали «У лукоморья дуб зеленый...», и я, теребя белый форменный фартук, с нетерпением ждала своей очереди, чтобы показать всем. Всем!

Наконец ведущая выкрикнула мою фамилию, я бодренько подскочила к столу жюри, закинула руки за спину, выставила вперед правую ногу, многозначительно сдвинула брови и завыла мрачно и басом (тут нужно еще учесть, что до определенного возраста я отчаянно грассировала): «Как молодо-о-ой повеса ждет свида-анья с какой-нибудь газ-вг-г-г-атницей лукавой иль ду-у-угой, им обманутой...»

«Пушкин» проснулся и посмотрел на меня недоуменно, а Берта Иосифовна наклонила голову к столу, то снимая, то надевая очки, — и, наверное, плакала, потому что ее плечи тряслись, она всхлипывала и вытирала слезы носовым платком. Видимо, ее очень проняло. Воодушевленная, я стала рубить рукой воздух и вещать еще оглушительней и торжественнее.

Это был мой звездный час. Я показывала в лицах и скупого рыцаря, и несчастную вдову, и ее безутешных малюток; я подвывала, хрипела и взрыкивала: «Я цаг-гствую... но кто вослед за мной пгиимет власть над нею? Мой наследник! Безумец (*тыркнула я указательным пальцем с чернильным пятном в представителя гороно*), гасточитель молодой, газвгатников газгульных собеседник! Едва умгу — он, он! сойдет сюда!..»

С Бертой Иосифовной творилось что-то невообразимое. Теперь она уже кашляла и не могла поднять голову от стола. Следом за ней, проникшись волшебными строками в моем исполнении, разрыдался представитель гороно: его тоже стало трясти, и он закрыл лицо руками. Ну а потом залихорадило все жюри. И «Пушкина», и учителей, и комсомольского представителя Дину Георгиевну со значком.

Я торжествовала. Правда, единственное, что не давало мне возрадоваться победе окончательно, было бледное вытянутое лицо моей мамы в зрительном зале.

На подведении итогов мне вручили приз. За смелость... И все. И все!..

С тех пор — никаких конкурсов. Никаких!

КТО СТРЕЛЯЛ В ЛЕНИНА

Врать не буду. В Ленина я не стреляла. Это точно. Потому что была такая же близорукая, как эсерка Каплан. В Ленина стрелял однажды на досуге летом мой друг Гарик Кушнир. Он тоже был близорук, но родители заставляли его носить большие очки с толстыми линзами. В этих очках он видел хорошо и мог, если целиться, попасть.

Началось все с того памятного летнего утра, когда Гарик дразнился и довел меня до того, что я быстрым воровским движением содрала с его шеи веревку с ключом от дома и что-то гадкое прошипела ему сначала в одно ухо, потом в другое. Вообще-то я была спокойной, сдержанной девочкой. Не дралась, не ссорилась. И это как меня надо было довести, чтобы я совершила такой отвратительный поступок!

— Ваша Манька наплювала мине в у-ухи и украла мой ключ! — рыдал Гарик моей маме. И пока он рассказывал о моем преступлении в подробностях, я металась в поисках убежища, где можно не только спрятаться от Гарика, но и пересидеть, пока какую-нибудь пакость не совершит моя сестра Таня и эта пакость не перекроет по качеству мою. Тогда вечером после ужина мы с Танькой будем получать уже вдвоем, уже в коллективе. А квартира на тот момент у нас была маленькая, и свободный угол был один! И кого туда ставить, Таньку или меня? А никого. Потому что я резво неслась к роялю и принималась разучивать «раз-ы, два-ы...». А Танька схватывала любую книгу потолще, утыкалась в нее и демонстративно шевелила губами — читала. Кстати, именно благодаря вот таким вот выволочкам и угрозе стояния в углу я успела за лето разучить всю летнюю программу, а семилетняя Танька прочесть «Алису в Стране чудес», «Волшебника Изумрудного города», «Собор Парижской Богоматери» и «Книгу о вкусной и здоровой пище» с цитатами из Сталина.

Да. Так вот. Удирала я от Гарика.

И убежище было найдено — я спряталась в вестибюле райкома партии. Заскочила я туда и замерла у выцветшего канонического профиля на стене, под которым красными буквами было уточнение, если кто не знает: «Ленин». Гарик меня видел через большие стеклянные двери, но войти, а тем более дать по башке прямо в храме коммунизма он не смел. А я, с виду такая приличная девочка, хитро пританцовывала, помахивала ключом на веревке, подмигивала и показывала Гарику язык, когда в вестибюле никого не было. А когда какой-нибудь коммунист проходил мимо, я чинно стояла и на вопрос, почему я здесь стою, вежливо отвечала, что жду маму, что мне велено ждать тут. Коммунисты поощрительно гладили меня по головке и уходили строить мое счастливое будущее. Утро катилось в полдень, я продолжала маяться в вестибюле райкома партии под старым портретом вождя, Гарик топтался снаружи и терпеливо вожделел возмездия, потряхивая оплеванными ушами. Иногда он прилипал носом к стеклу и, мрачно щурясь, глядел на меня сплющенным о стеклянную дверь круглым лицом, шепча угрозы и проклятья.

Я затосковала и опечалилась. Хотелось домой. Я должна была уже давно сидеть за роялем, но Гарик стойко дежурил у входа. Как отдать ему ключ и не получить при этом по шее, я не знала. Хорошо все обдумав, я пошла на переговоры. Через стекло я проорала ему, что, мол, я верну ключ, но ты — первое: меня выпускаешь, второе: даешь мне свой самопальный пистолет пострелять (тут Гарик яростно замотал головой), и тогда, продолжала я (ох и шантажисткой я была в детстве!), и тогда я никому во дворе не скажу, что видела твою фотографию в трехлетнем возрасте, где ты с локонами и в платье! Быстро выпалив все это, я снова затанцевала, строя рожи. Гарик печально кивнул.

Получив вожделенный пистолет, я решила пару раз стрельнуть, а потом уже побежать домой, просочиться в свою комнату, плюхнуться на стульчик у рояля и сделать вид, как будто я давно и безнадежно копаюсь в «Сонатине» Клементи.

В райкоме был обеденный перерыв. И я — ай-ай-ай! — прицелилась в портрет вождя. Гарик стоял рядом со мной в вестибюле и ныл, чтоб я отдала пистолет, что я не умею целиться, что не так и что дай я покажу. Мой первый выстрел был неудачным, кусок алюминиевой проволоки дзынькнул о стену и шлепнулся на пол. Тогда Гарик, отобрав у меня самопал, прицелился портрету прямо в глаз и попал, пробив дырку в ветхом холсте. Вот тут, как в кино, в райком вошел Чижевский, самый что ни на есть первый секретарь в галстуке.

Что тут началось! Чьи это дети?! Кто их родители?! Тут же по этажам забегали люди, нас завели в какой-то кабинет. Блондинка с золотыми зубами положила на стол лист белой бумаги, нацелилась в него ручкой и стала нас допрашивать: «Имя? Фамилия? Школа?» — но мы с Гариком молчали. Гарик — потому что до смерти испугался. Я — потому что предполагала последствия.

А поскольку, как я сейчас понимаю, не в их коммунистических интересах было распространяться о девятилетних диверсантах в райкоме партии, нас отпустили с миром, прочитав серьезную лекцию об октябрятском долге и чести и что Ленин всегда живой, всегда с тобой. В горе, в надежде и в радости. Наверное, какие-то директивы они разослали по школам города об укреплении и повышении контроля и усилении воспитательной работы. Но мне лично попало только за опоздание к роялю, потому что моя сестра Танька уже успела сыграть в парикмахерскую и выстричь у своей подруги Наташки Томашенко клок волос прямо над глазами. Под корень.

ДАЛЬНИЦКАЯ, 13

Дедушка мой был необоснованно убежден в неотразимой, невероятной красоте своей внучки. Поэтому не пускал меня по вечерам гулять с подружками. Куда?! Что вы?!

— Сиди дома, — приказывал он. — Из-за тебя же стрельба начнется. Сиди дома.

Дедушка мой, Зиновий Соломонович, которого в 1917 году родители пытались вывезти за границу в корзинке, но на последний пароход не попали, в идеале хотел бы, чтобы

я в свои тринадцать лет носила гимназиче-
скую форму и косы, не ленилась, тайком читала Чарскую, приседала в глубоком реверансе
перед венценосными особами и была «всегда
скромна, всегда послушна, всегда как утро...».
У бабушки, коренной одесситки, запросы на
мой счет были попроще: снять эти ужасные
«бруки» (предмет моей гордости — «Левис»),
надеть платьице, фартук и идти на балкон рубить рыбу.

— И причешись, — делали замечания
оба. — Причешись! Я тебе сейчас покажу
«Битлы», такие «Битлы» тебе покажу! Будут
тебе «Битлы»!..

Ну и что они могли мне показать? Деда, как
Махатма Ганди, носил свою вставную челюсть
в складках одежды. Поэтому не всегда можно
было понять его отношение к «Битлам». А бабушка, уставшая со мной бороться, однажды,
опираясь на библейскую мудрость, объявила,
что я сама наконец должна научиться опреде-
лять, где «семачки», а где «лушпайки».

— Иди на веранду рубить рыбу, — добав-
ляла она.

Эта рыба!!! Ну почему! Ну почему ее надо
было рубить только топориком, я вас спрашиваю? Ну почему?!

Однажды случилось. Пользуясь отсутстви-
ем бабушки, я быстренько наладила на краю

стола мясорубку, и только начала свое подлое дело, как на веранду вошел дедушка. И знаете, как он меня назвал?

Я, конечно, обиделась. Очень обиделась. И вечером настучала бабушке, что деда назвал меня... Он назвал меня... Развратницей!

— Ты этого не видела! — кричал деда бабушке. — Ты не видела. Как она... рыбу... На мясорубке... Зато все соседи видели. Причешись! — попутно рявкнул он мне. — И теперь все знают, что моя внучка — лентяйка и развратница!

— Опя-а-ать!!! — завопила я.

Какая бабушка вытерпит слезы своей внучки, даже если они неправедные. Бабушка быстро перебежала в мой окоп и набросилась на дедушку. Она вспомнила, что он не починил замок в ванной. И топорик для рыбы затупился. И не рубит. И есть ли в доме хозяин, чтобы этот топорик наточить, и почему до сих пор валяются эти проклятые рога!

Все. При упоминании рогов они забыли обо мне. Можно было натягивать джинсы и уходить гулять. Но я знала, что после того, как они там наругаются всласть, надо будет накапать им в их рюмочки. Деду — от сердца. Бабушке — от печени. Из одного и того же пузырька.

Рога — это отдельная история. Рога винторогого козла привез деду из экспедиции какой-то его бывший студент. Деда хотел прибить их в прихожей вместо вешалки. Но бабуля сначала предложила переступить через ее бездыханное тело, а потом уже вешать этот позор у всех на виду. Рога бабуле не нравились. Во-первых, они на что-то смутно намекали. Потом, они собирали пыль и валялись в неподходящем месте. А недавно на них сел старинный друг семьи доктор Кальт, близорукий и рассеянный, когда пришел измерить бабуле давление.

— Немедленно унеси их! — царственным жестом указывает бабуля на рога.

Дедушка возмущается: куда их нести, эти рога винторогого козла! Набирает номер своего студента-благодетеля. Мы с бабушкой переглядываемся. Сейчас деда все напутает. Он у нас страшный путаник. Обязательно все сделает наоборот. Путает цифры... Естественно, не может дозвониться, попадает не туда, говорит от смущения странные смешные слова. Вечером желает доброго утра. Дедушка очень боится телефона. Бабушка только иронично кивает. Дедушка, бывший переводчик, снова все напутал. У нас в семье бытует мнение, бабулей навязанное, что открытие второго фронта во Вторую мировую задержалось только из-за дедушки, потому что он там на переговорах что-то путал в переводе.

Дедушка переодевается и идет пристраивать рога в чьи-то хорошие руки.

— На чью-то хорошую голову... — комментирует бабушка дедушкины благие намерения.

Я смотрю в окошко. Такая странная унылая пара удаляется: мой деда и рога винторогого козла.

Через час дедушка и рога возвращаются. Рога — те же. Дедушка взволнован.

— Накапай ему! — приказывает бабушка.

Я капаю в рюмочку. Раз-два...

Дедушка, не выпуская рога, кричит возбужденно:

— Холера! Холера!!!

Бабушка бледнеет. Так наш интеллигентный рафинированный деда еще не ругался никогда.

— Причешись! — кричит деда мне. — Холера!! — И это мне?! — В городе холера!!! — по-гусарски заглатывает он капли, не выпуская рогов из объятий.

Мы пытаемся усадить деда в кресло. Но он мечется по комнате, как тигр с рогами, и возбужденно рассказывает, что встретил доктора Кальта. И сначала доктор Кальт очень испугался нашего дедушку. Думал, что деда вышел забодать его рогами винторогого козла. Но потом деда путано объяснил, зачем вышел, и доктор по секрету сообщил, что в Одессе уже есть больные холерой. И что скоро закроют город. И что все! Все!

— Ну что все, Зиновий? Что все?!

— А как же... А как же она?! — и деда тыркнул в меня рогами. — Как же она?! — и заплакал.

Ну потом уже не очень интересно. Как я капала обоим. Как мы с бабушкой пытались, с риском быть заколотыми, отобрать у деда рога винторогого козла. А он, поудобнее перехватывая их, звонил на железнодорожный вокзал и в аэропорт. Чтобы отправить свою внучку к родителям в Черновцы, подальше от беды. И как наконец он усадил меня в поезд, идущий не в Черновцы, а в Днепропетровск, а бабушка вовремя заметила надпись на вагоне, и я, как морской пехотинец, на ходу выбрасывалась на руки деду. И как мы кипятили воду и посуду, и все пахло хлоркой, и к регулярному замечанию «Причешись!» добавилось «Руки! Вымой руки!!!».

Но уже в конце сентября деда мой стал спать спокойнее. Во-первых, холера шла на убыль, и мой папа всякими неправдами приехал за мной в Одессу. А во-вторых, хоть у нас на Дальницкой и было неспокойно по ночам и даже временами постреливали, эта стрельба была не из-за меня.

КАК РАЗБИВАЮТСЯ МЕЧТЫ

Все дети моего поколения мечтали о романтических профессиях — от космонавта до покорителя целинных земель. Я же мечтала быть *леди*. А потом уже пианисткой. К мечтам о музыкальной карьере прилагалось длинное блестящее платье, белый рояль, шквал аплодисментов и абсолютное отсутствие усидчивости. А поэтому сначала — леди.

В моих замусоренных мозгах сложилось убеждение, что леди должна быть необычайно красива, обладать изысканными манерами, уметь танцевать, носить вечерние наряды и украшения, выходить в свет и бывать на приемах у самой королевы. А там все — и леди, и джентльмены — должны бродить по роскошному залу и обсуждать погоду и инфлюэнцу.

Я мечтала быть леди два месяца, пока в наш город не приехал театр с пьесой Оскара Уайльда «Как важно быть серьезным».

Когда зрители уже собрались, выяснилось, что дверь в оркестровую яму закрыта на огромный амбарный замок и завалена всяким хламом. Первые джентльмены в моей жизни — оркестранты во фраках — с христианским смирением по одному прыгали в яму прямо со сцены, как пингвины прыгают с льдины в океан. Последней спихнули в яму упирающуюся виолончелистку в бархатном платье и бережно передали ей инструмент. Потом на сцену вышел дирижер, разъяренный, с красными пятнами на лице, и обреченно сиганул к оркестру прямо с авансцены. Мне было обидно. Публика веселилась. Моя мама ежилась от неловкости.

Главную леди в спектакле играла, как указано было в программке, «Засл. арт. респ., парторг». Ее поведение на сцене зачеркнуло мой ванильно-кружевной образ леди навсегда. Она изо всех сил демонстрировала хорошие «мане-э-эры», декламировала текст неестественным индюшачьим голосом, ошибалась в мужском обществе, одетая только в пеньюар, и мотала перед носом собеседника ярким лохматым веером. Публика, завороженная ее манипуляциями с веером, почти не слушала текст в сочном украинском переводе:

— До біса ці кляті гроші!

«Джентльмены» загребали ногами, чесали в затылках, шмыгали носами, валились на стулья, не поддергивая брюк, играли густо обведенными глазами и по-опереточному хихикали, как субретки.

Единственным джентльменом выглядел актер, игравший лакея, галантный, молчаливый, деликатный и немного рассеянный. Поднося ему цветы, я убедилась в том, что он мертвецки пьян.

Тогда я поняла истину: чтобы играть леди, надо прежде всего ею быть. Другими словами, чувствовать горошину через семьдесят семь пуховиков.

С тех пор мечта моя потускнела и сменила русло. Месяца три я хотела быть трамвайным кондуктором, пока не посмотрела фильм «Семнадцать мгновений весны».

Но это уже другая история.

ЛЮБОВЬ

Преподаватель этики Маковец, плотный, маленький, румяный, нарядный, радостный и самоуверенный, как Первомай, готовил свои лекции явно для шестиклассников с задержкой умственного развития, но никак не для нас, джинсовых разгильдяев, предпочитавших литературу с грифом «низ-зя» и вражеские голоса, переводивших без словаря английское издание «Кама-Сутры» вместо книги Джона Рида «10 дней, которые потрясли мир».

Маковец сначала зачитывал сложное определение понятия, а потом, в силу своих представлений, образования и развития, объяснял это на простых примерах, в которых всегда участвовали одни и те же герои — Человек Петр и Человек Павел. В строгой последовательности. Чтоб не запутаться.

В зависимости от темы эти два виртуальных кретина уступали место в общественном транспорте, кланялись дамам, приподымая шляпу, хранили деньги в сберегательной кассе, участвовали в общественной жизни и берегли народное добро.

Лекции по этике забавляли нас. Безупречный, как начало шестого сигнала точного московского времени, Маковец Петра и Павла, или МПП, как мы его называли, замечен был только в одной слабости (кроме слабоумия, конечно) — он охотно кокетничал с мальчиками. Особенно с моим другом Левушкой Шустером. Я ревновала. МПП меня тихо ненавидел. Мы были соперницами.

Как-то весной всегда пунктуальный МПП на лекцию не пришел. Причина оказалась уважительной: его укусила лошадь. Где он нашел лошадь в Черновцах? Как он спровоцировал бедное животное на такой неблаговидный поступок? Но факт — лошадь укусила МПП за... Нет. И не за ягодицу. За голову! А?!

Мы с Левкой пробовали — кусали друг друга за лоб и затылок — не получалось. И Левка заявил, что на месте дуры лошади он укусил бы МПП за такое место, за такое... Левка был хорошо воспитан и не смог придумать, за какое место он бы укусил МПП.

Но случай представился. Когда мы с Левой мирно дочитывали в четыре глаза «Суету вокруг дивана» Стругацких, Маковец объявил новую тему:

«А. Любовь.
Б. Любовь и ее исторические этапы».

— Любовь, — урчал МПП, — это нравственно-эстетическое чувство, выраженное в бескорыстном стремлении объекта одного пола к объекту другого.

Оторвавшись от конспекта, он по обыкновению пустился в объяснения:

— Че-эк Петр идет в театр. Отдохнуть. Или в цирк. А там он встречает человека... по имени мнэ-э... мнэ-э... Па... По... Пол... мнэ-мнэ...

Конечно, Человек Павел тут был явно лишним, но МПП никак не мог подобрать имя «объекту другого пола».

— Мнэ-э... мнэ... Ну, скажем... мнэ... мнэ...

Какое имя просится после этого «скажем... мнэ... мнэ...»? Особенно тем, кто только что читал Стругацких? Правильно!

— Полуэкт! — услужливо подсказал Лева.

— Полуэкт! — облегченно подхватил МПП, но, осознав, что сказал, покрылся пятнами и с криком «Шустер и Гончарова! Вон из университета!» выскочил из аудитории.

Правда, я этого не помню. По словам Левушки, я, приличная девочка, реготала, как пьяный павиан.

Зачет по этике мы с Шустером сдавали четыре раза.

Вскоре Левка уехал и выбрал другой объект для бескорыстного стремления.

А Маковец сдружился с лаборантом кафедры Борькой Павловским. Его тут же перекрестили в Петропавловского. Через несколько лет они ушли из университета и открыли издательство. Выпускают переводные женские романы. О любви.

ТАЛАНТЫ И ПОКЛОННИКИ

Какие только таланты не открываются у людей в сознательном возрасте!

Только не надо спрашивать, во сколько лет приходит сознательный возраст. Ко мне лично он еще не пришел. Я вообще не о возрасте. О талантах. Например, у одного учителя, Захара Петровича Бобегайло, после

сорока лет открылся талант пожарного. Бобегайло ушел из школы — и правильно сделал, — устроился на работу в пожарную часть
номер три и прямо с ума сходил от радости,
когда в полной экипировке — в комбинезоне и каске — ехал тушить пожар на красной
машине. А потом еще спрашивал у жены: мол,
слышала, слышала, как наша сирена выла?
Слышала? Это мы ехали тушить пожар!..

А у моей подруги... Ой, ну тут хотелось бы
обсудить поподробнее. Значит, моя подруга
Женька Тернова в детстве была такая худая
и прозрачная, что, если мама брала ее с собой на рынок, сердобольные старушки, тор-
говавшие творогом, сметаной или овощами,
слезами обливались, на Женьку глядя, и давали продукты просто так, бесплатно. Так вот,
у Женьки после тридцати лет открылся жуткий
аппетит. Не знаю, правильно ли называть это
талантом, но ела она талантливо — со вкусом,
причмокивая и нахваливая. Даже во сне ей
виделась всякая разнообразная изысканная
еда, и она просыпалась и опять ела с огромным аппетитом. Превратилась в женщину-
гору. И сильной стала неимоверно. Однажды
открывала дверь маршрутки — знаете, такая
дверь, что не на себя открывается и не вперед, а отъезжает в сторону, — вот Женька
вцепилась в нее обеими руками, сдвинула,

дверь поехала-поехала и вдруг оказалась в Женькиных руках. Отдельно от микроавтобуса. Женька стояла растерянно, прижав дверь к пышной груди, как баян. Водитель побегал-побегал в отчаянии вокруг них — Женьки с дверью… А что он может сделать? Так обратно дверь и не смог вставить. Но Женька с тех пор стала заниматься спортом — толканием ядра. Нашла себя.

Да, по-всякому люди проявляются в зрелом возрасте. У меня же пока ничего не открылось. Видно, возраст не подошел, как я уже говорила. Зато во мне столько полученного по наследству, что куда там еще приобретать! От врожденных талантов деваться некуда. А потому что родители сами виноваты! Они у меня еще те ребята…

КУКУРУЗА

С детства родители учили меня плохому. Да-да, мои интеллигентные родители учили меня плохому. Например, воровать. А вы думали?..

Однажды мы — моя мама, мой спортивный папа и малолетняя наивная я — шли с пляжа, с нашей речки по имени Прут, и проходили мимо колхозного поля. И мама говорит папе, что так хочется вареной кукурузы, ну просто очень хочется! А маме в тот момент совсем нельзя было отказывать, потому что моя сестра Таня вот-вот должна была родить-ся. Между прочим, мама очень хотела вторую девочку, потому что, как вам скоро станет ясно, первая не очень-то удалась. И конечно, папа полез на колхозное поле ломать кукуру-зу — молочную, ароматную, сочную кукурузу, которую очень хотела мама. А я, как порядоч-ная, хоть и неудавшаяся, дочь, полезла папе помогать. Можно сказать, стала его соучаст-ницей в таком неблаговидном деле. Наша интеллигентная мама стояла на атасе, но за-гляделась на какой-то цветочек. И когда мы с папой мирно и беспечно грабили народное добро, складывая его в папину рубашку, завя-занную торбой, на нас выскочил сторож кол-хозного поля с косой наперевес, бдительный, суровый и, как потом оказалось, очень недо-брожелательный.

— Па-пу-шой, па-пу-шой! — закричал сто-рож, потрясая косой. — Папушой, папушой! — и понесся к нам, мстительно блестя глазами, исполненный праведного гнева.

И вместо того чтобы развернуться и бе-жать со всех ног, придерживая руками мою будущую сестру Таню, мама, проявив недю-жинный филологический интерес, изумленно распахнула и без того огромные глаза и осведомилась:

— А что значит это забавное слово «папушой»?

— Это значит «кукуруза» по-молдавски! — на ходу прокричал папа, вскидывая на одно плечо меня, а на другое — рубашку с краденой кукурузой.

— Да?! — радостно удивилась мама.

— Да! А еще это означает, что меня исключат из партии за воровство и я не смогу участвовать в Спартакиаде народов СССР! Бежим!!!

И мы побежали. Получалось довольно бойко, но сторож не отставал. И его можно было понять: на пляж каждый день ходят толпы народу, и все любят молодую кукурузу, особенно когда она так спокойно и бесплатно торчит рядом с пляжем. Но почему-то именно на нашей семье терпение сторожа закончилось, и он решил, видимо, для себя: сегодня или никогда. Он не отставал, мчался решительно и целеустремленно, как служебная овчарка за беглыми каторжниками, голося проклятья и причитая: «Папушой-папушой!» Но он плохо знал моих родителей. Они ведь занимались спортом и каждое утро бегали на стадионе, папа — шесть кругов, а мама... Мама вязала мне кофточку, сидя на трибуне стадиона и наблюдая, как папа наворачивает круги, но считалось, что она тоже бегает.

Короче, когда наша вороватая семейка, преследуемая неугомонным сторожем, с мелким суетливым топотом пронеслась мимо людей, ожидавших автобус, который обычно увозил пляжников в город, когда мы: подающий надежды мастер спорта, тренер по гимнастике мой папа, уважаемая всеми учительница английского языка, красавица моя мама, потенциальная карманница, а возможно — и форточница, трехлетняя я и сторож, с которым мы практически уже сроднились в нашем общем изнурительном марафоне, — так вот, когда мы, ойкая, улюлюкая и поднимая клубы придорожной пыли, как кочевники Золотой орды, промчались мимо автобусной остановки, пляжникам, скучающим на томительном вечернем солнце в ожидании транспорта, было что потом обсуждать и рассказывать знакомым.

Мы, конечно, благополучно оторвались, замели следы и скрылись в неизвестном сторожу направлении, но еще долго мама боялась выходить из дому, а папа, уходя на тренировку, надевал кепку и темные очки, подымал воротник рубашки и вообще стал ходить торопливо и почему-то боком.

Кстати, с тех пор в нашем доме кукурузу не едят.

Ну вот, а вы удивляетесь, почему я выросла именно такая. Нет, охота к воровскому ремеслу в тот день была отшиблена во мне раз и навсегда. Но талант любое событие своей жизни превращать в происшествие сохранился у меня и по сей день. И вот вам доказательство...

ШОКОТЕРАПИЯ

Поверьте, почти в самом начале моей жизни — лет в двадцать — двадцать с половиной — я была так застенчива, что стеснялась спросить у прохожих, который час, а уж преподаватели университета, врачи, продавцы в магазинах — это была непреодолимая стена... Я краснела, ежилась, а главное страшно заикалась... Ужас какой-то. Никак не могла с этим справиться. Пока впервые не полетела самолетом. Из Бердянска в Одессу.

Что значит первый опыт! Вот не получилось воровать — и не ворую до сих пор. Так и с самолетом. Как испугалась в первый раз, так и боюсь до сих пор. Боюсь летать. Зато заикание мое практически растворилось бесследно. Оказывается, очень многие комплексы излечиваются самолетом. Рекомендую. Правда, уточняю — не всяким.

Мой самолет «Л-10» был небольшим и запредельно старым. Нет, честно: летчики заводили его вручную, крутя ручку стартера, а горючее доливали в бак с помощью литровой эмалированной кружки прямо у пассажиров на глазах. Я навсегда запомнила эту ободранную эмалированную кружку с черным котом на борту. Как этот самолет взлетел — ума не приложу. Но как только он взлетел, крылья его угрожающе задребезжали. Так, словно самолет вдруг захотел ими взмахнуть, как бабочка. И можно было предположить, что так и надо, если бы летчики не забегали по очереди по салону туда-сюда и не начали вглядываться пристально в иллюминатор, опираясь как раз на мои колени, потому что я у этого иллюминатора сидела. Когда в очередной раз летчик, мальчик чуть старше меня, навалившись на мое плечо и прижавшись к иллюминатору, с досадой произнес отчетливое «ч-черт!», — вот когда он это сказал, у меня началась тихая истерика, и я прошептала ему на ухо, которое было прямо у меня под носом, потому что он все еще опирался на мои коленки, — я просипела ему, еще больше заикаясь от страха, что с-совсем н-не у-умею л-л-л-л-летать. Если что... И только набрала воздуху, чтобы зарыдать во весь голос, как:

— Замолчи, дура! — прошипел летчик. — Замолчи, а то выброшу тебя из самолета!

— А ка-ка-какая р-р-разница?! — проскулила я. — Н-ну вы-выбросишь, а с-с-с-ледом за-за-за мной и в-в-в-вся ос-с-тальная ко-ко-компания ку-ку-кувыркнется... Я уж-уж-уж п-п-п-подожду... Я л-л-л-лучше со-со-со всеми.

— Слушай-ка, меня Мишей зовут, поняла? А тебя?

— О... О-о... О-о-о-ой... Ой...

— Оля? Ты — Оля?

— Да!

Хотя звали — да, впрочем, и до сих пор меня зовут — совсем не Олей. Совсем не Олей. Но разве тогда это имело значение...

— Слушай, Оля, все будет хорошо, ты только не ори. Лучше отвлеки чем-нибудь остальных пассажиров. Ну, будь другом, на тебя одна надежда!..

Родители меня все же хорошо воспитали, несмотря на то что пару ключевых уроков, как всегда подчеркивала мама, я, к сожалению, пропустила. Когда мне говорят, что надежда только на меня, я собираю волю в кулак. А уж когда просят быть другом! Отвлекать так отвлекать. Вопрос: как? Вон все насторожились. А дедушка в лохматой шапке уже и суры читает, глаза закатывая, просьбы о помощи посылает... известно кому — тому, кто еще выше самолета. Чем же отвлекать? Станцевать, может быть? Ну, во-первых, самолет, как бешеная пчела, дергается то вверх, то вниз — не шибко потанцуешь. Во-вторых, и места-то в самолете нету. А в-третьих, главный аргумент — ноги дрожат...

И тогда я запела. Последние минуты моей юной цветущей жизни плюс полная безнаказанность, а главное — ответственность, которую на меня возложил летчик Миша, безумно пьянили. Я пела громко, задорно и поперек нот:

> Солнышко светит ясное,
> Здравствуй, страна прекрасная!
> Юные нахимовцы
> Тебе шлют привет...

Спела первый куплет «нахимовцев», — а больше я не знала, и так удивляюсь, какими неведомыми путями попали они в мою память. Я запела дальше:

> Ой, куда же ты, Ванек,
> Ой, куда ты?
> Не ходил бы ты, Ванек,
> Да в солдаты...

Нет, вот скажите, почему так? Ведь я столько на то время всяких песен знала, почему из меня вдруг полезли те, о которых я и не предполагала, что знаю их?

Пассажиры, конечно, отвлеклись по-настоящему, потому что потом я завыла жалостливую песню про разлуку — чужую сторону и следом лихо прооорала разудалую про трех танкистов. Я вопила так упоенно, раскачиваясь, и даже, призывая примкнуть, дирижировала, что, поражаясь самой себе, совсем забыла о предстоящем крушении...

Видимо, своим бешеным ором я отвлекла не только пассажиров, но и высшие силы, которые вот-вот должны были остро отточенным карандашиком вычеркнуть наш самолет из Книги жизни. Но не успели. Под песню «Москва — Пекин» (она тоже откуда-то всплыла, не верите? А вы побудьте в моей шкуре, в падающем самолете — не то еще вспомните), под историческую песню «Москва — Пекин» наш самолет совершил посадку.

Летчик Миша обнял меня, как в кино, и выпросил номер моего телефона. Но поскольку он звонил и просил к телефону какую-то Олю, а мой папа отвечал, что такой тут нет, наша с ним дружба завершилась, так и не начавшись...

О КРАСОТЕ

Мама моя — удивительно красивая женщина. Такая нежная, обаятельная, женственная, обворожительная, воздушная, стройная, пленительная, чарующая, прелестная. У нее идеальная фигура, густые блестящие волосы, огромные глаза, восхитительная кожа, звонкий чистый голос и легкий смех.

Я — в папу.

Нет, я, конечно, ничего. Особенно когда наряжаюсь в кружева-оборки-каблучки и шляпку. Такой создаю образ мечтательный, нежно-романтический. А потом этот образ — ляп! — и как всегда. В меня же поэтому абсолютно невозможно влюбиться. Потому что мой внешний облик абсолютно не соответствует намерениям и планам судьбы, меня по жизни ведущей.

Рядом с моим домом находится военное училище. Как я любила военных — не передать, у меня прямо температура поднималась, когда я военных видела! И вот каждое утро я бегу в университет в сапожках на каблучке, в легкой каракулевой шубке (с муфтой!) и в шапочке-боярочке. Бегу мимо военного училища. А курсанты на улице снег убирают. Я, конечно, и внимания не обращаю. Подумаешь, курсанты! Там с ними лейтенант всегда стоит юный. Понятия не имею, кто такой. Даней зовут. Даня Кривченко. Двадцать три года ему. Живет на улице Федьковича с мамой, папой и сестрой. Сестра в пятнадцатой школе учится, ее Ирочкой зовут. Понятия не имею, кто он такой, этот Даня. И мне даже и неинтересно. Ну, теннисом большим он занимается, там еще баскетбол... ага! — еще на гитаре играет, поет хорошо. Словом, не знаю я его.

И вот каждое утро я бегу в университет. А город наш на холмах расположен. И бежать на каблучках мне трудно — гололед. Но я ведь... ну... про образ романтический я же говорила... Офицер этот уже здороваться начал: мол, доброе утро, девушка... Подумаешь! Но если начать бежать на десять минут позже — курсанты уже снег убрали, лед скололи, все подмели и ушли на завтрак. Поэтому приходится очень рано вставать.

Ну и вот-вот этот Даня-лейтенант должен у меня номер телефона моего попросить. Курсанты, конечно, будут хихикать, будут переглядываться, но вот-вот. Мол, девушка, телефончик не дадите? Ну я, конечно, скажу, что не работаю на фабрике телефонных аппаратов, что я телефоны незнакомым людям не раздаю. Даня этот сконфузится очень. И где-то через неделю, если снег, конечно, будет, он опять что-нибудь придумает. Он, конечно, очень застенчивый, но изобретательный.

Правда, в этой истории я не учла свою способность обязательно попадать в неловкие ситуации. Ну, сами додумайте... Снег... гололед... каблучки... Бегу деловито, с задранным носом, дура...

Шмякнулась я просто неприлично, прямо в толпе курсантов. С их лопатами и ледорубами. Шмякнулась со всего размаху на пятую точку и сижу, как кукла в магазине. Глазами — хлоп-хлоп! Ну, курсанты меня поднимать, а у меня ноги разъезжаются в разные стороны, я опять шлепаюсь. Наконец поставили меня ровненько, стали снег с меня отряхивать. Отовсюду. Даже оттуда, куда он вообще не мог бы попасть практически, этот снег. Я кудахтнула пару раз и убежала в смущении.

Больше я мимо училища не бегала. Ходила вокруг, садилась на троллейбус... А Даня Кривченко потом в Москву уехал, в академию поступил...

Не думайте, что это со мной случилось потому, что была зима. Нет, вы меня не знаете!

Вот однажды я ехала к дедушке в Одессу. Из Очакова. На ракете с подводными крыльями. Если бы вы знали, какое чудное на мне в тот раз было платье! И босоножки ручной работы. Любая нога в них выглядит безупречно. А моя-то! Вот, кстати: ноги у меня ничего, мамины ноги. Особенно правая.

Стояла я на палубе, в море смотрела, любовалась. Потом молодые люди подошли — приятные, тоже студенты. Мы разговорились.

Ну откуда же я могла знать, что там, за спиной у меня, дверь? И открывается она вовнутрь? И что тот выступ, по которому я ерзала спиной, потому что он мне давил, — это ручка той самой двери? Короче, когда я в том самом платье с кружевами и мережками, со вставками из тонкой атласной тесьмы на подоле рассуждала с важным видом о роли стационарного обучения, особенно на факультете иностранных языков, то вдруг, потеряв опору, просто опрокинулась спиной в небольшую каюту. И ноги мои, стройные довольно ноги, особенно правая, в тех самых босоножках ручной работы, ноги, согнутые в коленях, остались на палубе, а я сама уже валялась на спине в чужой каюте и снизу рассматривала троих изумленных матросов за столом, играющих в карты...

Опускаю просто неприличный хохот и на палубе, где остались мои ноги в босоножках ручной работы, и гомерический смех внутри, где, обреченно сложив руки на животе, валялась остальная я. Подняли меня, конечно... Я сбежала в салон для пассажиров и там до самой Одессы сидела тихо, как мышка, смахивая слезы и сокрушаясь, что я такая неудачница... И что в меня из-за моих способностей абсолютно невозможно влюбиться.

Так и хожу по планете. Нелюбимая. Нет, наверное, влюбиться в меня все-таки можно. Но любить меня всю жизнь уже потом — это надо быть очень мужественным и закаленным человеком. Потому что жить со мной — одно беспокойство и море усилий. Но зато такого таланта, как у меня, нет почти ни у кого: любое событие превращать в происшествие. Вот...

РАЗ
В КРЕЩЕНСКИЙ ВЕЧЕРОК

Я. И. Пащуку

Не понимаю, какой смысл вкладывает женщина, когда говорит: «Я не такая...»

Лично я — такая. Да. Я доверчивая. Радостная. Я наивная. И — круглая-круглая дура, из-за чего чуть не вылетела из университета. И то, что я именно *такая*, подтвердил однажды декан нашего факультета иностранных языков Ярослав Иванович Пащук. Он так и сказал: «Ну, Марынка, — он так меня называл — «Марынка», наш Ярослав Иванович, — не знал, не знал, что ты *такая*!»

С тех пор я и сама в этом неоднократно убеждалась.

Вот, скажем, случай во время зимней сессии, как раз в канун старого Нового года. Вечером я притопала к подругам в общежитие якобы учить билеты по теорграмматике. Подошла к двери комнаты 45, а девчонки закрылись и никого не пускают. А у двери на корточках сидел Исмаил Оглы, студент геофака, наследный иранский принц (так он всегда представлялся) и потенциальный жених моей подруги, легкоатлетки Ларисы.

Про Исмаила надо подробнее. Он такой был особенный, непохожий на других, такой нелепый и забавный, открытый и щедрый, что заслуживает тут отдельного рассказа. Какие ветры занесли его, теплолюбивого, смуглого, с большими черными-черными обиженными глазами, тонкими нежными руками, густыми волосами торчком и княжескими манерами, в наш сырой, ветреный, переменчивый климат изучать географию — кто знает. Я не догадалась спросить тогда, а сейчас он вообще очень далеко. В Норильске. Они с Лариской там предсказывают погоду, которую Исмаил чувствует носом и кожей за несколько дней. Поэтому его, Исмаила Оглы, там очень ценят. Особенно летчики.

— Ну? — поздоровалась я с Исмаилом.

— Лариса закрыл и не выходит, я стучаля-стучаля... — уныло объяснился Исмаил.

— Учат? — поинтересовалась я.

— Не... Свет выключиль. Я замочную скважину смотреля, — признался наследный принц, — кричаля: «Ларыса, на мой голос выйди, дэ!», а Ларыса сказал, что они гадают — в зеркале жених смотрят. И если мене покажут, Ларыса на мене женится.

— А если не тебя?

— Тогда, мамой клянусь, Исмаил будет очень огорчаться. Тогда Исмаил всех будет рэзат, — обреченно вздохнул наследный принц, — и Ларыса, и Валя (*Валя — это вторая моя подружка, которая с Ларисой жила в комнате*), и себе, и... — Исмаил оценивающе обвел меня взглядом и задумался.

Я поняла, что он не шутит, и стала бить в дверь кулаком. Дверь открыла Лариска, раскрасневшаяся, возбужденная. Глазами вращает, шепчет жарко: «Давай быстрей заходи, мы уже все приготовили».

— А ты, — строго обратилась она к своему принцу, — иди в свою комнату и учи. Мы тебя потом позовем.

Исмаил угрюмо и недобро зыркнул из-под насупленных бровей и медленно поплелся к себе. Явно не учить, а, например, точить ножи-кинжалы. На всякий случай.

В комнате у большого зеркала горело несколько свечей. Там же, на столике, лежали какие-то сухие травки, ножницы и стояла плошка с водой.

И теперь о Лариске. Я уже говорила, что она была блистательной легкоатлеткой, мастером спорта, и если вдруг ей бы грозила расправа ее ревнивого жениха Исмаила Оглы, она бы легко удрала от него, посверкивая пятками и хихикая. Чего нельзя было сказать о нас с Валей. Я бегаю очень плохо. Вот прыгаю я хорошо. Верней, подскакиваю. Особенно когда меня пугают. И еще хорошо соображаю. Хотя и дура. И тогда я понимала, что если правдивая и упрямая Лариска узрит в зеркале не Исмаила, а какого-нибудь Васю из своего родного села Кобеляки Звенигородского района Черкасской области, то Исмаиловой расправы нам не избежать. Надо было спасать подруг и ситуацию.

— Вы все неправильно делаете, — заявила я, сбрасывая пальто на кровать. — Я знаю, как надо гадать!

Причем в моих словах была крупица правды. Потому что летом я напросилась в фольклорную экспедицию в села староверов и там много чего видела. Как надо зиму провожать, да невесту одевать, да у зеркала гадать.

— А главное, чтобы ты, — обратилась я к Лариске, — чтобы ты, если хочешь жениха в зеркале увидеть, — чтобы ты в сторонке пока сидела и ждала, когда тебя к зеркалу позовут. Поняла?

Лариска кивнула. И села в сторонке, пока я с Валей шепталась да над плошкой с водой колдовала. На самом деле для Лариски вопрос жениха был животрепещущ, актуален и жгуч, потому как ее родители не очень хотели Исмаила в зятья. Уж много было на глазах разных примеров, когда по маленьким провинциальным городкам бродили одинокие грустные красавицы, водя за ручку смуглокожих деток. А наоборот, Ларискины родители хотели в зятья надежного, толстого и прижимистого Васю из села Кобеляки Звенигородского района.

— Иди ко мне! — замогильным голосом позвала я Лариску, оставив у зеркала гореть всего одну свечу. — Садись у зеркала, — продолжала вещать я, — садись, закрой глаза и молчи. Когда скажу: «Смотри!» — тогда откроешь глаза, посмотришь и быстро-быстро отвернешься. Иначе...

Я и сама не знала, что «иначе», но меня уже несло.

Лариска села у зеркала, закрыла глаза и задрожала... Я взяла ее правую руку, опустила ее пальцы в плошку с жидкостью и завозила ими по Ларискиному лицу и волосам, бормоча-приговаривая:

— Ряженый-суженый, приходи ко мне ужинать, а не хочешь ужинать — приходи стричься... — Такую околесицу я несла, вдохновенно импровизируя, пока не усыпила Ларискину бдительность.

— Свет! — резко дала я команду Вале, и та повернула выключатель.

— Смотри! — скомандовала я Лариске.

И Лариска открыла глаза. Помаргивая и щурясь от яркого света, Лариска приникла к зеркалу. У-у-у! Из зеркала на нее смотрело нечто страшное, грязное, лохматое, с горящим угрюмым взором... Оно тоже щурилось и внимательно вглядывалось из зеркала в Лариску.

— И-и-и-и!!! — завизжала Лариска, и Валя выключила свет. — А-а-а-а!!! Что это?! Кто это?!

В дверь сильно забили ногами, и раздался крик:

— Лары-ы-ыса!!! Выйди на мой голос, Лары-ы-ыса!!! Я ту-ут, Ларыса, подслю-ю-ю-шиваю! Мамой клянусь!

Короче, пришлось признаться, что в плошку с водой мы добавили коричневую гуашь. Так, для остроты ощущений...

Хорошо, что у Лариски было чувство юмора. Она успокоилась, посмеялась и умылась. Я торжественно, как медсестра в роддоме, вышла к Исмаилу в коридор и сообщила, что в зеркале был кто-то смуглый, лохматый и страшный: «Как ты, Исмаил».

Исмаил засиял, глаза его увлажнились, он зашептал-зашептал, поглаживая лицо руками, поглядывая на потолок, благодаря кого-то там, наверху. И я безумно растрогалась: надо же, как переживал, как он Лариску нашу любит!

Через полчаса мы открыли гадальный салон для всех желающих, добавляя в воду и зеленую, и синюю, и красную гуашь. Всю ночь из комнаты 45 с визгом вылетали ошалевшие девчонки с разноцветными физиономиями. Вот кто-то из них, недовольный результатом гадания, пожаловался на меня в деканат.

Ярослав Иванович — наш дорогой Ярослав Иванович, светлее человек вряд ли найдется сегодня на земле, — не стал давать ход делу, как мне угрожали, а пожурил и отпустил сдавать экзамен по теорграмматике. Тогда-то он и сказал, что я такая. А я и не отрицаю. Да, я такая. Зато у Лариски с Исмаилом уже три мальчика — смуглые, нежные, как Исмаил, сероглазые и шустрые, как Лариска. Да, Силим, Хаким и Ванечка... Через месяц у них девочка должна родиться. Моим именем назовут. Исмаил обещал: «Мамой клянусь!»

СВАДЕБНЫЙ КРУИЗ,
ИЛИ ШАШЛЫК С ВЫНОСОМ

Как-то после нашей свадьбы мы с мужем заспорили, где лучше медовый месяц провести. Я тянула его в горы, чтобы в связке одной понять, кто такой. Но он был иного мнения: «Подумаешь, горы! Вот круиз! Круиз! Круиз!» Муж уговаривал: мол, море, белый теплоход, ты — в платье вечернем зеленом, с бокалом шампанского, на палубе. Над головой звезды, ты их затмеваешь... Сухуми, Батуми... Города-легенды... Я уши развесила, согласилась.

Говорила мне мама: думай, думай! Не послушала. Поехали. Верней, пошли. В круиз, на «Армении». Слышали? На «Армении» в Грузию! Только это должно было нас насторожить! Нет. Куда...

Говорила мне мама...

Действительно, белый теплоход, море, палуба — все как договаривались. И муж: сейчас сейчас, скоро-скоро, вот-вот будет Сухуми! Бу-удет... Вот и уже!

В Сухуми в первую очередь вели куда? Правильно: в обезьяний питомник. Там мой муж — экономист по образованию, поэт, романтик, дуэлянт — схлестнулся с шимпанзе. С шимпанзе по имени — ах! восторг! — Образина. Спрашивается, что мой муж не поделил с шимпанзе? А белый кабачок! Он взял у служительницы кабачок и протянул его через прутья клетки Образине. Шимпанзе тут же руку навстречу — мол, дай, дай быстрей, есть хочу. Муж мой любопытный цап шимпанзе за эту самую руку — и держит. Образина находчивый, недолго думая, изобразил морду глубокомысленную, охнул испуганно и уставился куда-то за спину моего мужа: ой, а что там?! Муж оглянулся, потеряв бдительность. Образина выпростал вторую руку из клетки и как саданет по уху моему экономисту! У того просто искры из глаз... А шимпанзе еще успел свой кабачок урвать. И ну хохотать из клетки! И другие шимпанзе хохочут, умирают. И я тоже... немного смеялась. Тогда муж на меня обиделся. А потом я на него обиделась, что он на меня обиделся. Так мы вернулись на теплоход. И я все время ворчала, что вот, говорила мне мама...

Поужинав, муж помягчел и сказал, что Сухуми — это еще не то, вот ты Батуми не видела, о!!! Вот увидишь Батуми! Тогда все!

Теплоход в Батуми пришел рано-рано, я еще спала. Муж выскочил на берег. Прибегает — глаза шалые, кричит восторженно: «Батуми! Батуми! Яркий! Шумный! Солнечный! Машины едут, нигде пешеходам дороги не уступают!» — Упоенно так орет. Ну хорошо. Натянула я сарафанчик коротенький, шляпочку маленькую от солнца — пошли твою легенду смотреть! А там действительно около порта такая дорога! Машины — вжик-вжик, вжик-вжик... Туда-сюда с бешеной скоростью. Муж говорит: нет смысла переход искать, машины все равно не остановятся, надо между ними лавировать, лавировать и вылавировать — рисковать, словом, — зато потом, когда мы выживем, будет что вспомнить. Но я человек законопослушный: говорила мне мама, что дорогу надо переходить только на переходе и на зеленый свет! Остановилась рядом со светофором, муж — чуть в отдалении, смотрит, как у меня это получится. А я стала ждать, когда светофор, сдохший еще во времена Мцыри, вдруг, на счастье мое, зеленым засветится. Оказалось — и не надо. Все машины остановились, водители из окошек по пояс высунулись, блестят зубами разного металла, руками машут, кричат восхищенно, головами качают — переходи, дорогая, переходи. Я и пошла опасливо, засеменила быстро. Почти побежала. Машины сигналят, водители разочарованно языками цокают... А один водитель даже из машины выскочил, подбежал ко мне, кричит обиженно: давай теперь обратно переходи! Только мэд-лэн-но!!!

Ну тут уже мой муж, экономист по образованию, поэт, романтик, дуэлянт, не выдержал и ко мне через дорогу побежал...

— Вах!..

Ой, говорила мне мама: одевайся скромно!

И пошли мы гулять дальше, правда, муж мой как-то приуныл и уже не радовался так беспечно, а меня за руку держал и ворчал, что платьице надо было надеть подлиннее и с рукавами, и не шляпку, а платок... И мы стали ссориться, и я, как всегда, процитировала свою маму. Муж, про мою маму вспомнив, на всякий случай сдержался и спросил, что мне купить на вещевом рынке. Я ответила, что, конечно, паранджу! Но лучше не надо!.. Потому что я в моем сарафанчике и моей шляпочке и в юности моей двадцатилетней дорогу назад к порту все-таки перейду. А он на этот раз — вряд ли. А значит, и на теплоход опоздает, и останется в своем легендарном Батуми навсегда!

Ой, куда мои глаза смотрели! В лихую годину я эти слова произнесла... Но об этом ниже.

А пока мы пошли в дельфинарий. Туда тоже надо было дорогу переходить. (Переходи мэдленно!.. Переходи мэдленно!..) В дельфинарии мой муж, повторюсь, студент пятого курса, экономист по образованию, поэт, романтик, дуэлянт, был облит водой с ног до головы лихим юным дельфином за то, что вместе с маленькими детьми нетерпеливо топтался у борта бассейна, чтобы потрогать дельфина, а не сел, как все взрослые люди, на лавочку для зрителей. В этот раз я уже не смеялась, потому что чувствовала себя неуютно: за моей спиной сидела целая группа немцев, они хлопали в ладоши и радовались дельфиньим трюкам, одобрительно покрикивая: «Я-а! Я-а! Га-га-га! Я-а!» Все ждала, когда они закричат: «Хенде хох!» Так и просидели: я — настороженная, муж — мокрый.

Потом пошли в ресторан у моря. В меню был шашлык. Верней, написано было все, но в наличии был только шашлык. Это ж был самый расцвет советского курортного бизнеса, да такого, что даже грузинское гостеприимство меркло перед силой нашего туристического сервиса. Поэтому в центральном ресторане у моря был только он. Шашлык такой, шашлык сякой. А я его, шашлыка, не ем. И все. Почитала меню, чтоб как-то развлечься, — я вообще читать люблю, — смотрю: какое-то блюдо интригующее... Спрашиваю официанта сонного, равнодушного, что это такое дорогущее — «Шашлык с выносом». А стоимость — как хороший праздничный ужин для прожорливой многодетной семьи! Официант лениво объяснил, что это такое шоу и что он готов его показать, только «плацице, да?». «Шоу — понятное вам слово, да?» — важно, не подымая век, переспросил официант. Я послушно кивнула. И напрасно. Говорила мне мама — не сори деньгами! Если бы знала, что оплаченное моим мужем шоу окажется тем же ленивым официантом с тем же непроницаемым лицом!.. Но все это было одето уже в пестрый национальный костюм (грузинский? аджарский?). И под стилизованно-грузинское треньканье такого же ленивого гитариста это вышло с подносом, на котором валялся шашлык, на цыпочках трижды обошло по кругу наш стол и шваркнуло поднос с мясом перед моим носом.

Что это было? — спросила бы моя мама. А ничего. Ничего не было! Шоу! «Шашлык с выносом»! Плацице, да?..

Совсем невеселые мы вернулись на теплоход. Я повторяла мантры: «Говорила мне мама... Говорила мне мама...» Очень качало. В порт зашел еще один теплоход, «Собинов», но я уснула.

Проснулась от крика женщины, колотившей в дверь нашей каюты. Из того, что она орала, я поняла, что «Армения» уже в море и что мой муж остался. Я похолодела. Остался! Остался! В голове спросонья промелькнули балетные из Большого, Максим Шостакович,

Ростропович с Галиной Вишневской и еще многие и многие, которые остались... На палубе все обсуждали «того самого мужика», который остался в Батуми. Мужиком называли моего мужа, тонкого, умного, талантливого, экономиста по образованию, поэта, романтика, дуэлянта. Я была в отчаянии!

Оказалось, на «Собинове» в Батуми зашли знакомые мужа. Эти знакомые схватили его за руку, провели на свой теплоход и посадили в салон слушать, как поет группа «Ялла». Мой муж, очарованный восточными подвывами «Яллы», опомнился и выскочил на пирс, когда «Армения» уже давала прощальный гудок, и боцман на страшные призывные крики с берега равнодушно кинул: «Шо я тебе, лодка канонерская — туда-сюда маневрировать?!» А я в это время мирно и доверчиво спала. Говорила мне мама: не спи на закате!

Муж мой, в шортах, без бумажника и документов, с подаренной друзьями бутылкой «Напареули», не стал обращаться к пассажирам в зале ожидания морского вокзала — мол, я сам не местный, отстал от теплохода, помогите, кто чем может... Нет. Он пошел сразу искать, на чем догонять «Армению». И нашел. Буксир «Радость». Капитан буксира дядя Ашот, чтоб он был всегда здоров, парил ноги. На просьбу немедленно догнать и перегнать, на клятвенные заверения отдать душу, заложить дом, отдаться в рабство дядя Ашот повел внушительным носом и сообщил, что без береговой охраны шагу не сделает. Мой экономист помчался в береговую охрану. Что уж он там говорил, как описывал свою спящую красавицу на «Армении», но давил на самое больное: если он сейчас не догонит теплоход, его молодую жену уведут! Уведут!

Вах!!! Мужская солидарность, согретая батумским солнцем и грузинским вином «Напареули», сделала свое дело. Пограничник проникся, включил радио, вызвал «Армению» и отдал команду: «Стоп, машина! Лечь в дрейф, спустить трап и ждать!» В этот момент мы все, кто находился на палубе, почувствовали, что теплоход остановился. И через десять минут на горизонте показался буксир «Радость». Мой муж, экономист по образованию, романтик, поэт и дуэлянт, стоял на носу гордо и независимо, как капитан Немо в фильме «Капитан Немо».

Потом я ему, конечно, долго пересказывала, что мне мама говорила. А мама мне за двадцать лет успела многое сказать. И мы долго не разговаривали. Минут двадцать.

Зато этот круиз, Образину, Батуми, дельфинов, дядю Ашота мы запомнили навсегда. И потом жили долго и счастливо...

МОЙ НЕОДЕССКИЙ ДВОР

Почему если интересный двор, так обязательно в Одессе? Какие были дворы в Черновцах! Какой двор был там, где прошло мое детство! Государство в государстве. С одним телефоном у дантиста Тененбаума, где домработница Надя не успевала убирать. Потому что работала как телефонный диспетчер. Двор, где были свои сумасшедшие и свои герои. Общие радости и общие печали. Летние воскресенья на верандах и галереях, где заведующий кафедрой марксизма-ленинизма Терновский отчаянно проигрывал в шахматы мусорщику. А его жена щедро делилась секретами приготовления флудна и фаршированной рыбы с неопытными соседками. Впрочем, недоговаривая какого-то крохотного, но очень важного ингредиента.

А какие люди... Какие люди... «Иных уж нет, а те далече...»

ШПИОН ПО ШАХМАТАМ

Однажды дядя Сендер украл у пионеров ручной асфальтовый каток. На свою голову. Пионеры и сами стянули каток со двора коммунхоза, из-за высокого забора. Как красавицу в песне. Вместе с забором. Пионеры волокли каток дворами, воображая себя неуловимыми мстителями, планируя стать правофланговыми по сбору металлолома и поехать в «Артек».

В мечты о счастливом детстве неожиданно ворвалось искушение в виде моста через речку. С которого пионеры принялись дружно плевать. Кто дальше. В это время Сендер, следовавший за пионерами по пятам, прицепил каток к своей тележке. И старая заносчивая кляча Розамунда поволокла трофей во «Вторчермет».

Дядя Сендер делал свой маленький нелегкий бизнес на сборе металлолома и макулатуры. Его главным конкурентом была городская пионерская организация имени Павлика Морозова. С макулатурой он еще успевал: собирал по дворам стопки журналов «Агитатор», «Политучеба» и «Под знаменем ленинизма». Он въезжал на своей зеленой тележке во двор и кричал во все горло: «Папи! Папи!», что означало: «Бумага! Бумага!» Дядя Сендер картавил и шепелявил, но находил общий язык со всеми. Кроме пионеров с их сбором металлолома. Дошло до того, что эти юные следопыты как-то стащили с его веранды керогаз. Прямо из-под супа. Кастрюлька с супом еще пыхтела на табуретке. А керогаза как не было...

И вот Сендер украл у пионеров уже один раз краденный асфальтовый каток. Милиция сначала повязала Сендера. Потом вызвали пионеров с родителями. Спрашивается, кому быстрее поверят? Пионеры, глядя на участкового Коледина честными глазами, возделали правую руку над головой и вдохновенно заверещали ритуальное «Под салютом трех вождей!». А Сендер бормотал себе под нос, что он не виноват: валялось — он поднял. Что он честный человек. И что он шпион по шахматам. Участковый, услышав страшное слово, пошел пятнами и чуть не забился в падучей от профессионального рвения — раскрыть, уличить и посадить.

Детей отпустили, Сендера закрыли. Настоящей камеры в милиции не было. Поэтому Сендер сидел, запертый в милицейской раздевалке, и горевал. Его Розамунда неприкаянно заглядывала в милицейские окна, фыркала на портреты членов Политбюро и жевала объявления со стенда «Их разыскивает милиция».

Поздно вечером Сендера отпустили по ходатайству всех соседей двора. Но самое веское слово сказал завкафедрой марксизма-ленинизма Терновский. Он подтвердил, что Сендер — честный человек, хотя и не выговаривает много букв, и что он все-таки является двукратным чемпионом мира по шахматной композиции.

Участковый Коледин пришел к нам во двор, угощался и играл с Сендером в шахматы. А сын Сендера играл участковому на аккордеоне. Вальс «Амурские волны».

Вот такие люди...

МОДИСТКА

Тетя Таня называла себя гордым словом «модистка», хотя могла погубить любую мечту женщины на корню.

— Это вам не пойдет, — сурово прерывала она вдохновенное щебетанье модницы о всяких там рюшечках и складочках, — мы пойдем другим путем, — со знакомой интонацией произносила она — и шила, как она знала. А не как кто-то там запланировал.

Известно, куда ведет тот, другой путь. Поэтому нужно было сидеть, по ее же словам, у нее на голове, чтобы добиться своих складочек и рюшечек.

В тринадцать лет меня, на зависть младшей сестре, ведут к модистке шить концертный наряд — я буду участвовать в большом академическом концерте.

Тетя Таня обмеряет меня старым стертым сантиметром и осуждающе кивает головой:

— Разве это девочка? Это же кузнечик в очках! Локти, коленки и робра. Никакой пышности! — И мне: — Маня, Манечка! Надо меньше бегать и больше... думать.

Кто бегает?! Кто бегает?! Сутками сижу у инструмента. Домашние ходят на цыпочках, собаке не позволяют лаять. Сестру выслали в пионерский лагерь. Кот вообще сбежал от такой жизни.

Но никто, никто не догадывается, что на пюпитре моего фортепиано стоит не «Хорошо темперированный клавир», а «Сага о Форсайтах» Голсуорси. Терзая инструмент и слух соседей, я увлеченно слежу за судьбой собственника Сомса. Гай Юлий Цезарь рыдает и завидует.

Только тетя Таня, глядя в мою глумливую физиономию, догадывается, что мне не светит карьера великой пианистки.

— Гончарова! — говорит она моей маме, подкалывая на мне скроенные половинки платья. — Зачем дитю это пианино?! Лучше выучите ее лепить людям фальшивые зубья, будет больше пользы. И во дворе наконец будет тихо от ее музыки.

Тетя Таня — хранительница традиций. Она следит, чтобы к Новому году для детей украсили елку, растущую почти в центре двора. Чтобы летом повесили качели. Она дает коман-

ду всем нашим женщинам мыть окна весной
и осенью.

— Девочки! — кричит она в воскресенье
со своего балкончика. — Моем окна!

И все бросают свои дела и моют. Мы с мамой тоже.

Тетя Таня подкармливает городского ду-
рачка Мишу Джамбула, переругиваясь с мужем, дворником Паштарицей.

— Что ты кормишь этого дурака без пользы! — кричит Паштарица.

— Он как раз не дурак! — парирует тетя
Таня.

— А что, я, по-твоему, дурак? — ищет конфликта Паштарица.

— И ты не дурак, — миролюбиво объясняет тетя Таня, — вы оба умные. Только вот умы
у вас разные.

Паштарица удаляется, с кастовым высоко-
мерием вручив Мише метлу. А тетя Таня продолжает поучать соседок, моющих окна.

— Гончарова! — кричит она через двор
в наши окна. — Я давно хотела вам сказать,
зачем ви носите белый воротничок? Ви что,
училась в гимназии? Или ви ушла в мона-
стырь? Носите вырез, откройте шею. Вот когда я была молодая, еще при румынах, я так
открывала шею, что, когда выходила в лавку,
весь город прекращал работу. А полицейские

так засматривались, что из сигуранцы успевали сбежать все заключенные. Это сейчас я могу открывать только рот. И то, когда Паштарицы нет дома. Да... так что, женщины, — продолжает митинговать тетя Таня, — мойте шею на низкое декольте!

— Какая вы шутница, тетя Таня, — подлизываюсь я.

— Это не я шутница. Это Салтыков-Щедрин. — Тетя Таня ставит меня в тупик и уходит дошивать очередной шедевр.

Такие вот люди...

МУДРЫЙ МОТЯ

Мотя с детства мечтал стать миллионером. В школе он учился очень плохо. Всем двором его подтягивали по разным предметам. Но он был безнадежен. Лишь к математике он относился трепетно, с большим уважением. Его можно было понять: нужно же уметь считать будущие миллионы.

Кроме математики, он поклонялся только одному существу в мире — это была наша соседка, маленькая и нежная Мирочка. Мирочка объяснила ему, что если он хочет поступать на математический, то сначала должен вступить в комсомол. Мотя долго сопротивлялся, но подал заявление и стал готовиться. Во дворе устраивались репетиции, Мотю пытались подловить на разных каверзных вопросах, но, как у всякого неплохого математика, у Моти была хорошая память. И вот перед самым поступлением завкафедрой марксизма-ленинизма Терновский спросил:

— А почему ты хочешь вступить в ВЛКСМ?

Мотя честно ответил, что без этого не принимают на математический.

Возмущению Терновского не было предела. Он пошумел, а потом терпеливо объяснил, что ВЛКСМ — это передовые ряды молодежи. И что он, Мотя, хочет пополнить эти передовые ряды. Понятно?

Мотя понял. Но потом оказалось, что не совсем.

На заседание комитета комсомола белого от волнения Мотю сопровождала добрая Мирочка, член комитета школы по культмассовой работе, успокаивая своего друга и утешая. Заседание проходило в кабинете биологии. Мотя, потея и дрожа, торопливо отвечал на все заданные вопросы, глядя в одну точку над головами комитетчиков, на портрет вымершей птицы археоптерикса, под которым висела таблица «Синтез белка».

— А почему ты хочешь вступить в ряды ВЛКСМ? — больше для проформы спросил комсорг школы, уже заполняя Мотину анкету.

— Хочу пополнить... Хочу пополнить... — бормотал уставший от усилий Мотя. — Хочу пополнить... ряды погибших, — с облегчением выдавил наконец он.

— Ты таки пополнишь! — ахнула Мирочка и закрыла ладошками личико. Археоптерикс на картине издевательски захохотал. У Моти закружилась голова, и он повалился прямо на руки подоспевшей Мирочке.

После окончания школы Мотю устроили в магазин «Стимул», где за справку, что вы сдали государству тонну травы или свинью, вы могли купить синтетическое японское платье или вельветовые джинсы. В городе всегда знали, кто сдает государству траву, овощи или, например, корову. Потому что эти люди ходили в одинаковых импортных платьях, пальто с ламой или в шубах «Анжелика». Это были жены и дочери секретарей райкомов, исполкомов, работники торговли и другие труженики полей.

И вы знаете, Мотя таки стал миллионером! Нет. Не в «Стимуле», хотя там он неплохо жил и многому научился. Он получил наследство от родственников из Южной Америки. Он быстро уехал. Вместе с Мирочкой. Весь двор за ними плакал.

Вот такие вот люди...

РАССКАЗ О МОЕЙ БАБУШКЕ

— И в этом ты идешь на Крылова? Значит, в этих джинсах ты идешь на итальянского скрипача Крылова и его жену Мормоне? И в этой кофточке?..

Я никогда не отвечаю вопросом на вопрос, когда разговариваю со своей бабушкой. Никогда не отвечаю «А что?» или «Почему нет?». Потому что моя бабушка, великий философ, может втянуть меня в такую могучую и витиеватую дискуссию, что все планы пойдут прахом. И поэтому на бабушкин вопрос я просто ответила «да».

— Вот мы одевались на концерты, — вспоминает бабушка, — это же было целое мероприятие. И платье, и туфли. И сумочка. И украшения. И духи «Быть может»... Мы с Золей Чичельницкой соперничали нарядами, — продолжала она. — А с Чичельницкой очень тяжело было соперничать. Потому что ее Фима ей не отказывал ни в чем и никогда. Твой дедушка тоже, конечно, старался, но он ведь был простой тренер по гимнастике, а Золин Фима, во-первых, заведовал мебельным складом, а во-вторых, добивался своей Золи два года.

Фима, как увидел однажды Золю — просто погиб. Стал ходить к ней во двор. Стоял под балконом и вздыхал. Потом, осмелев, начинал звать, задрав голову: «Зо-оля! Золя, выйди! О Золя, девочка моя, выйди на балкон!»

На втором часу этих воплей и стонов «Золя, Золя» Фима терял терпение и, не слушая увещеваний Золиных родителей и угроз Золиных соседей, переходил просто на визг. Он топал ногами и орал: «Зо-ляа!!! Золя, выйди! Кому сказал, Золя?! Золя, выйди на балко-о-он! Выйди, шоб тебе уже поотсыхали ручки и ножки!!!» Тогда Золя выходила, и Фимино сердце таяло: «Золя... Золечка... Раз ты уже вышла на балкон... — трепетал Фима, — раз ты уже таки вышла на балкон, может, ты заодно выйдешь за меня замуж, а?»

Словом, Золю выпихнули за Фиму, потому что терпеть эти его сцены каждый вечер всем уже было невмоготу. Поэтому, все еще не веря своему счастью, Фима соглашался на все, что Золя хотела.

И вот афиши. В город приезжает знаменитость. Давид Ойстрах. Все лучшие фамилии Черновцов в панике. Как?! Совсем же недавно приезжал Муслим Магомаев! Все шили себе шикарные наряды. И что теперь? Опять?! Не идти же на Ойстраха в том же платье! (Как будто Ойстрах оскорбится и не выйдет играть, если Золька придет в своем изумрудном костюме из посылки, том самом, который она надевала на Магомаева.) Нет.

Все поднатуживаются и шьют новые наряды. И Золя. И, конечно, я.

Шили мы платья у одной и той же модистки Шурочки. Золотые руки были у Шурочки и царская дипломатия. Она никогда не открывала своим клиенткам фасоны нарядов других клиенток, хотя мы все, конечно, хотели вынюхать у нее, у кого же наряд будет эффектнее, из какой ткани, что за пуговицы, пряжечки...

И вот все побежали к Шурочке шить туалеты, чтоб идти на Ойстраха. А Шурочка в панике: «Как?! Я же только закончила наряды для Магомаева, я же вам не Шива многорукая!..»

Шурочка была очень образованная, даром что модистка.

А мы ей объясняем, что то — Магомаев, а это же — Ойстрах! Различать же надо! Магомаев когда вышел из филармонии после своего концерта — его белая «Волга» была вся в помаде, поклонницы зацеловали. Не исключено, что и Золька прикладывалась, она Магомаева обожала. Но кто же посмеет целовать машину, которая Ойстраха привезет? Что вы... Есть разница.

Еле уговорили Шурочку, еле уговорили. Ткань еще у спекулянтки доставали. Кстати, у Доры Хауст были изумительные ткани. Вот жизнь была... Это сейчас пошел — выбрал — купил... А тогда надо было побегать, доста-ать!

Полтора дня осталось до концерта, полтора дня. Шурочка прямо дымится. Стала путаться и назначать примерки одновременно двум клиенткам. Вот так мы с Золей у нее, у Шурочки, и столкнулись. Ну мы же все-таки подруги, тем более — примерка последняя, почти ничего уже изменить нельзя. Решили примерять вместе. Что уж там. И билеты у нас в четвертом ряду, рядом, ее Фима добывал. Ойстраху нас будет видно. Поэтому очень тщательно мы подходили к выбору всех деталей туалета. Ладно, я туфли собиралась надеть те, старые, магомаевские, и сумку оттуда же. А Золька купила все новое. И туфельки. И сумочку, и духи «Дзинтари». И вот когда Шурочка вынесла нам наши платья, то сама остановилась в растерянности. В пылу подготовки к приезду Ойстраха она и не заметила, что шьет нам платья из одинаковой ткани, купленной у Доры. А главное, фасоны платьев были почти идентичными. Тут мысик, рукавчики — так, и в талию, конечно.

Золька, тут же оценив ситуацию, кинулась бегом быстрей примерять. Вот зараза! Знала же, что если первой платье натянет, то проблему вечернего туалета, чтоб на Ойстраха идти, решать, конечно, мне. При моем-то муже, тренере по гимнастике! И тянет она на себя платье, а платье не лезет, просто трещит. Тогда Шурочка, деликатная Шурочка, — мол,

Золенька, это не ваше платье, это... И на меня смотрит. А Золька, раскрасневшаяся, полуголая, наполовину в тесном платье торчит — ни влезть, ни вылезти, только что огнем не плевалась. И ведь знала, что в талии она на пять пальцев шире меня. И все равно все наряды себе всегда в талию шила: мол, у нее талия, как у Гурченко. И даже халаты шила в талию, и даже ночные рубашки и пижамы если не в талию, то и не покупала вовсе. Ее бы воля — она бы себе в старости даже гроб в талию заказала, только чтоб смотреться выигрышно.

В общем, Золя чуть сознание не потеряла от злости. Короче, платье свое она даже не посмотрела, даже не взяла, а помчалась домой и устроила Фиме фрагмент вырванной жизни. Потому что Фима в ее, Золькиной, жизни всегда и во всем был виноват. И Фима, — надо знать Фиму, — и Фима, любящий, терпеливый и нежный Фима, нечеловеческими усилиями геройски добыл-таки ей на областной базе костюм джерси персикового цвета, а к нему натуральное жемчужное колье в отделе для новобрачных! И это буквально за один день! Золька торжествовала...

На следующий день приехал Давид Ойстрах. И что ты думаешь? Он не пожалел! Какая у него в Черновцах была публика! Какие туалеты, какое благоуханье, причесанные, уложенные головки дам, гладко выбритые взволнованные лица мужчин. Дети в белых воротничках, бархатных платьях и костюмчиках. И конечно, для такой публики он таки играл как бог. Он играл не только концерт, но и потом. Еще целых сорок минут на бис.

А уж как будет играть сегодня этот твой итальянский скрипач, когда в зале народ в физкультурных костюмах, — не уверена. Не уверена...

Так ты не хочешь переодеться? Ну что ж, тогда не жалуйся, если ваш Крылов со своей итальянской женой не будет играть вам на бис!..

НАШИ СОСЕДИ

НОУ-ХАУ

Кларе Марковне из Киева привезли наказание. На целое лето. Наказание шести лет от роду, прозрачное, синее, капризное, визжащее. По имени Марк. Перед школой наказание надо было подкормить, оздоровить, подучить и укрепить в вере, что школа — праздник. Но и осторожно подготовить к тому, что этот праздник — практически вечный, на двенадцать лет.

Но сначала — кормить. Оказалось — невозможно. Откуда, что вы! Марк стискивал зубы, мычал и быстро-быстро мотал головой.

Бабушка — не ворошиловский стрелок, не снайпер: бабушка промахивалась. Котлетки, салаты летали по всей квартире. Просто невозможно, просто невозможно.

Невозможно? Ха! Клара Марковна — учительница с сорокалетним стажем. Учительница — это же не профессия. Одни говорят, что это диагноз, не дай бог. Другие — что состояние души. А Клара Марковна говорит, что раз эта каторжная работа с современными детьми ее еще не прикончила, значит, она сделала ее сильнее. Это как кто-то сказал — Клара Марковна не помнит кто. Для таких, как она, изобретательных и отважных, нет ничего невозможного. Благо наш дом стоит как раз напротив милиции. Значит, так: одной рукой хватаем орущее наказание, во вторую — тарелку с едой. Бегом через дорогу и садимся на лавочку рядом с отделением. Как только выходит милиционер, Клара Марковна с угрозой:

— Ма-а-арк!

Марк — ап! И раскрыл рот боязливо: мало ли зачем этот милиционер вышел — может, за ним, что он так плохо кушает.

Все соседи в окнах. Аплодируют.

Клара Марковна специально узнавала у соседа, полковника милиции Данькова Юрия Борисыча, когда в отделении планерки, собрания и заседания, и к их окончанию готовила Марку борщи и супы — он их терпеть не мог. Вот заседание заканчивается, а Клара Марковна уже на лавочке с внуком. Милиционеры как посыплются на улицу: кто курить, кто по своим делам, кто на секретное задание, кто преступников ловить. Марк только рот дисциплинированно: ап! Ап! Ап! Ап! Глядишь, еще не все милиционеры с собрания вышли, а супа уже и нет в тарелке. А молочное Клара Марковна давала по средам. По средам в милиции — занятия кинологов. Как пойдут в одиннадцать часов суровые инструкторы с собаками! А собаки огромные, мордатые, подозрительные. О-о!..

Так вот милиция оказывала помощь жильцу нашего дома в отдельно взятом случае.

А в сентябре Марк в первый класс пошел. Родители по совету бабушки нашли в Киеве школу аккурат напротив отделения милиции. Так, на всякий случай.

ФИЛОСОФИЯ МАДАМ РУБЛЕВСКОЙ

В нашем доме на первом этаже обитает Рублевская. У нее есть официальный статус — она наш дворник. Но, как она сама говорит, из бывших. Из каких бывших, никто не знает. Может быть, из бывших дворников? Но куда, что вы! Рублевская не опустится до того, чтобы взять метлу. Нет. Она в основном регулярно пьет и философствует на заданную тему. То есть плюет практически на свои обязанности и на всех вокруг.

— Мадам Рублевская, я сегодня вместо вас подметала во дворе... — укоряет соседка, с трудом разгибая спину.

— Хорошо, — царственно одобряет нахалка Рублевская, — вы меня победили. Вы — на первом месте. Я вручу вам переходящее красное знамя. Подметайте и дальше.

— Мадам Рублевская! Куда делся ваш муж? Вроде был-был — и куда-то делся. Куда? — интересуются две подруги, моя бабушка и Бетя Исаковна.

Рублевская закуривает выклянченную у фотографа Генриха сигаретку:

— Кто-то сказал, что жена-а, — Рублевская эффектно тянет концы фраз, помахивая сигареткой в воздухе и закатывая глаза, — должна быть красивой, томной и немножко глупенькой... Умная жена — это обременительно, — вздыхает Рублевская, туманно намекая на что-то, и идет к банку делать свой бизнес.

Летом в Черновцах много иностранцев. Рублевская недолго фланирует мимо банка туда-сюда и безошибочно попадает на того, кто ей нужен. Румяный интересный улыбчивый дед в застиранных брюках и майке: Раймонд Берг, инвестор из Швейцарии. Рядом подтянутая девушка Таня, с папочкой, в белом костюмчике, — переводчица.

— Слышь, друг! — обращается Рублевская к иностранцу. — Может, тебя не затруднит ссудить энную сумму почетной заслуженной пенсионерке с трудовым стажем пятьдесят лет? На одном месте?

Девушка Таня нервничает. Она знает Рублевскую — та не отцепится.

— Мадам Рублевская! — строго говорит Таня. — Сегодня не тот случай. Это очень важный гость, и он абсолютно не понимает по-русски, а я на сей раз ничего переводить не буду. Уйдите.

— Не понимает по-русски? А по какому понимает? — развязно веселится Рублевская, строя глазки Раймонду.

— Французский, немецкий... Вы все равно не знаете.

— Я не знаю?! — возмущается Рублевская и, на секунду замешкавшись, заводит на всю улицу: — Мосье! Же не манж па сис жур! Гебен зи мир битте этвас копек ауф дем штюк брод!

Таня белеет от ярости. Неизвестно, читал ли Раймонд «Двенадцать стульев», но он хохочет, хлопая себя по коленям, и сует мадам Рублевской несколько евро.

— Вот так! — подводит итог Рублевская, поучительно кивая посрамленной переводчице Тане. — Все люди как люди. А я — ну прям королева!!!

Она фамильярно подмигивает Раймонду и направляется к магазину «Лучшие вина из Италии».

КОГДА НАСТУПАЕТ ПОЗДНО

Такое жаркое солнце в Черновцах, такое жаркое в июле. Моя бабушка может выйти подышать только утром. К ней на лавочку всегда подсаживается ее подружка из соседнего двора, Бетя Исаковна. Моей бабушке 82 года, Бете Исаковне — 86. Бабушка моложе и всегда старается это подчеркнуть.

Вот сидят они обе, свеженькие такие, в шляпках. Утро. Бабушка с интересом читает глянцевый женский журнал. Так увлеклась — никого не видит и не слышит. А Бете же скучно, она хочет обсудить Генриха Яковлевича и его новую жену, тоже Раю. В смысле — что первая была Рая. Генрих Яковлевич гордо называет себя бригадиром фотовидеосъемки ЗАГСа, а на самом деле, если по секрету, работает в бригаде один. И на фото, и на видео, и музыку сам включает с маршем Мендельсона, и молодоженов строит как положено, и на подружек невесты, дурочек хихикающих в ярких платьицах, покрикивает. Много у него работы в нашем ЗАГСе на улице Ольги Кобылянской. Он, кстати, многих в нашем доме переженил.

И вот по вечерам Генрих Яковлевич не может уснуть — мелькают невесты-женихи и несанкционированные конкуренты с крохотными цифровыми фото- и видеокамерами — не углядишь, снимают без спросу, шпионы. Не спится. И тогда его новая жена, тоже-Рая, — она вчера беспечно хвасталась во дворе — дает ему любую таблетку — лю-бу-ю! — какую найдет: от кашля, от головной боли, от аллергии, мало ли, — и Генрих Яковлевич немедленно засыпает, просто не-мед-лен-но, и спит беспробудно всю ночь напролет до утра. Бетя разволновалась — такое доверие, вы подумайте, такое доверие. Что эта тоже-Рая может дать ему в том случае, когда все лекарства от кашля закончатся, как вы считаете?.. Страшно подумать! Столько вариантов... Например, крысиный яд, слабительное, таблетки нафталина...

Но бабушка моя увлечена, она читает.

— Что ты читаешь?! Что ты такое читаешь, что меня совсем не слышишь? — возмущается Бетя Исаковна. Она очень озабочена судьбой Генриха Яковлевича и готова уже собирать подписи или даже народное ополчение в его защиту. — Что ты там читаешь?

— Тебе это уже поздно, — отмахивается бабушка.

— И что именно мне уже поздно, а тебе как раз?! — недовольно вздергивает Бетя выщипанные и начерненные бровки.

Бабушка охотно демонстрирует роскошную иллюстрацию, прищелкивает языком и читает название статьи: «Как сделать так, чтобы ноги были идеально гладкими».

— Какая сволочь! — цедит сквозь зубы Бетя Исаковна.

— Кто?! — возмущенно вскрикивает моя бабушка, подозревая, что сволочью может быть кто угодно, например, тоже-Рая или, наконец, она сама. — Кто — сволочь?!

— Кто-кто... Старость!.. — устало констатирует Бетя Исаковна, обиженно глядя в сторону.

Бабушка обнимает Бетю и протягивает ей журнал:

— Я пошутила. Еще не поздно. Вот посмотри лучше, какие прически... Слушай, а не сходить ли нам в парикмахерскую? А? Пока не жарко...

ВИДИШЬ ЛИ, ЮРА...

Речь пойдет о моем личном вкладе в борьбу с мировым терроризмом. Друг мой, хороший писатель однажды начал свой рассказ со слова «Ой». Блистательное начало! Блистательное! Но все. Уже все. Топором не вырубишь. Если даже это «ой» было первым словом в твоей жизни. Сложной запутанной жизни. Полной сомнений, тревог... Ой! Не об этом сейчас. О тревогах чуть дальше.

Придется начать свой рассказ со слова «нет». Нет, ну вы боитесь террористов? Конечно. А кто их не боится? Я ужасно боюсь. И раньше боялась. Даже когда угоны самолетов не были настолько в моде и эти идиоты-террористы еще не так разгулялись.

Опять же, повторяюсь, — «нет»: нет, ну вы боитесь летать? Я — ужасно! Одно утешает. Когда я лечу в самолете, моя мама мысленно держит его, самолет, ладонью под брюхо. А когда за дело берется моя героическая мама, ни со мной, ни с моими детьми ничего не может случиться. Но эти проклятые террористы! Они ведь не знакомы с моей мамой...

Бояться для меня — как дышать... Но обычно я просто боюсь. Дежурно. По привычке. Я ж вам вначале еще про слово «ой» говорила. Но тут как-то, отправляясь в Британию, я вдруг совсем испугалась. Нет, ну просто очень! Вот втемяшила себе в голову, что давненько со мной ничего такого не случалось. Подозрительного. И, знаете, предчувствия неясные, плохие сны. И придумала сразу. А главное, поверила в это тут же. Что сегодня мой самолет захватят. И сразу поняла кто. Сразу! У меня же мамина интуиция. А моя мама... Ну вы знаете.

Он! То ли араб, то ли кто... Вошел в салон, нервный, бледный, прямо желтый, в сопровождении юной смуглой жены и множества ребятишек. Понятно. Для прикрытия. Мол, я с семьей. Честный такой... А сам в глухом черном костюме. В июле. И в огромной чалме. Ну и что, что он потом оказался индийцем?! Индийский гость. «Не счесть алмазов в каменных пещерах...» Сам сел впереди, а жену с ребятишками усадил в конце салона, где курят.

Что они вытворяли! Это были не дети! Бандарлоги! И сколько их там было, никто не мог бы посчитать. Они носились с бешеной скоростью. Прыгали, менялись местами, прятались. А маленький, обезьянка уистити, чирикал без пауз, высоко, резко, как милицейский свисток. Самые смелые пытались раскачать самолет. Ну? Очевидно же все! Продумано! Отрепетировано на тренажерах. Отвлекали внимание. Бдительность усыпляли. Чтоб их папашка — из чалмы, например, узи! И: «Всем оставаться на своих местах!» Интересно только, куда он самолет направит вместо Лондона? В Барнаул?

Стюардесса, хорошенькая длинноногая Ирочка, пыталась усадить детей. Но напрасно. Наконец она прошла к Индийскому Гостю.

— Сэр, это ваши дети?

Индийский Гость оглянулся и задумался, окинув подозрительным взглядом свою жену.

— Сэр, это ваша семья?

— Да, — неуверенно подтвердил Индийский Гость.

— Сэр, скажите вашей мэм, чтоб она усадила детей и пристегнула ремни.

— I don't care, — с важностью магараджи отрезал тот.

Конечно, ему все равно. Он ведь о другом думает!

А Ирочка снова прошагала в конец салона.

— Мэм, прошу вас, успокойте детей.

Женщина беспомощно развела руками, покачала головой и сказала что-то на непонятном языке. Ирочка снова вернулась к Магарадже.

— Сэр, ваша жена не говорит по-английски. А я не понимаю ее хинди.

— Это не хинди! — обиделся Магараджа, — Это гуджарати!

Ирочка чуть не плакала.

— Сэр, если вы не успокоите детей, мы вызовем секьюрити, задержим вылет, и будет скандал.

— I don't care, — снова ответил Магараджа.

Поняли? Если ему все равно, то что? Камикадзе!

— Но я не знаю гуджарати! — не унималась Ирочка.

Ну нет! — решила я. Еще чего! — решила я. Какой-то экстремист будет тут решать проблемы за мой счет. А моя мама в это время будет ему, гаду, еще и самолет под пузо держать!

— Я знаю гуджарати!

Вы видели тот фильм? Где он, так просто раскидав человек десять врагов своей страны, белоснежным платком промокнул уголок поврежденной в драке губы и тихо представился: «Бонд. Джеймс Бонд». Да? Видели? Помните? Так вот, эффект был такой же.

— Я знаю гуджарати! — и все. Даже нет. Тоньше все-таки, загадочнее. Вы тот, другой фильм видели? Где «Пал Андреич, вы шпион?» А ответ? «Видишь ли, Юра...» Вот.

Я встаю, разъяренная, со своего места, прохожу в конец салона. И (десять лет обучения в общеобразовательной школе не прошли даром), как наша незабвенная математичка Изольда Михайловна Шкрянге, ору, заведясь с пол-оборотика, на самом что ни на есть русском языке, который велик и могуч. Что доказано ниже:

— Эт-то шо такое?! А ну-ка! сесть! всем! я! сказала! Я вам говорю или стенке говорю?! Бездари!!! По вас тюрьма плачет!!! Сели сейчас же! И тиха-а-а!!! Вас много, а я одна!!!

В салоне воцарилась такая тишина, как будто это не Магараджа, а я собиралась захватить самолет. Испуганные бандарложки быстро расселись по местам — их оказалось всего четыре. Дружно клацнули пристегивае-

мые ремни. Аплодисментов, как по голливуд-
скому сценарию положено, не было. Но народ
смотрел на меня с уважением. Магараджа
достал то ли четки, то ли бусы и принялся молиться, недоброжелательно посверкивая на
меня из-под чалмы. Еще бы! Я сорвала ему
проект, к которому он, может быть, готовился
всю свою жизнь.

А долетели мы благополучно. Потому что
моя мама, как всегда, мысленно поддержива-
ла самолет под пузо. А когда за дело берется
моя мама, со мной ничего не может случиться.

ЕДЕМ В ОДЕССУ

1

В часе езды от Черновцов есть маленький
город на Днестре — Жванец Хмельницкой области. Едем рано утром. Прохладно. Осень. По
дороге весело несется стайка мальчишек лет
семи-восьми. Останавливаемся. Спрашиваю
у самого маленького, вихрастого:

— Куда вы так рано?

Вихрастый:

— Ми? На річку. Рибалити.

Я:

— А чей же ты такой?

Вихрастый:

— Я? Жванецький.

Я:

— Ты смотри, такой маленький, а уже Жванецкий.

Вихрастый:

— А мы тут усі жванецькі.

Едем через Жванец и планируем приезд знаменитого землевладельца к себе в вотчину. Тут повесим лозунги «Истинному хозяину Жванца — достойную встречу!». Вдоль трассы поставим красивых девушек с цветами. Они будут визжать: «Ах! Барин Михал Михалыч сами пожаловали!»

Планировали мы вдохновенно. Дошли даже до права первой ночи. Но потом нас остановил гаишник. Я на всякий случай спросила:

— А вы — жванецкий?

Он сурово ответил:

— Нет. Я — хмельницкий. Ваше водительское удостоверение и техпаспорт, пожалуйста...

2

Вдоль дороги люди торгуют самым невероятным товаром: фруктами, овощами, синькой, цементом, водкой, кирпичами, пирожками и смехом рябой кобылы в мешке. Нажимаешь на кнопку — из мешка что-то ржет.

Недалеко от заправочной станции стоит замерзший маленький человек в тюбетейке и кутает нос в воротник пальто. Стоит как большая замерзшая птица. Продает что-то загадочное. На самодельной картонке надпись: «Восточные сладости».

Пока муж заправляет бак машины, подхожу. Спрашиваю:

— А что это у вас?

— Восточные сладости, — отвечает человек-птица.

— А где их делают?

— На Востоке.

— А конкретнее?

— Слушай, женщина, ты читать умеешь? В школе училась? Читай? Ва-сточ-ны-и!!! На Востоке!

— А где? Где?

— Север-юг знаешь? Запад-восток тоже знаешь? Тэм-м!!! — Птица маханул рукой на запад.

— Вы меня не поняли. Я...

— Э-э!!! Ты кушать хочешь, а? Или поговорить, а? Если поговорить, летом приходи! Летом!!!

— Да я...

— На, женщина! Так даю! Не надо деньги! Только уйди!!! Уйди!!! — и ворчит мне в спину. — Лю-бо-пит-ная!..

3

Подъезжаем к Одессе. Плутаем и никак не можем заехать так, чтобы не пересекать весь город, а сразу попасть куда надо. Останавливаемся у придорожного кафе, спрашиваем у старика с пронзительно-синими глазами, который сидит на террасе и нежится под солнышком, как заехать в Одессу. Синеглазый:

— Извините, я не могу с вами поздороваться. У меня жирные руки. Я кушал рыбу. У меня врачи нашли гастрит. Я — больной. Чуть-чуть. Теперь мне надо кушать часто, и это хорошо. Но понемногу, а это плохо. Ну ладно. Счастливого пути.

Синеглазый поворачивается и уходит.

Я:

— Уважаемый! А как же нам заехать в Одессу?!

Синеглазый через плечо:

— А что вам? Садитесь в машину и едьте себе. Здесь все дороги ведут в Одессу.

И действительно, мы поехали по первой же дороге. И быстро попали куда надо. Может, это был Ангел? Такой одесский синеглазый Ангел... Чуть-чуть больной гастритом...

ВСЯ ЖИЗНЬ — ТЕАТР

Друг мой Гриша Гольд любил театр. Без взаимности. «Гришенька, — говорила его мама. — Ты же прекрасный скрипач. Выходи на сцену, играй себе». Но Гриша хотел перевоплощаться и говорить со сцены разные слова. Ну, там, «Быть или не быть?» или «Карету мне, карету!». Ну, на худой конец, «Коня, коня!..».

Первый его театральный опыт был без слов. Роль царицы полей Кукурузы на новогоднем утреннике в детском саду. Женечка Слободянюк, прима детского сада, два дня рыдала, что ей досталась только роль второго плана — Свекла. И поэтому на утреннике эта маленькая интриганка больно пнула Гришу, да так, что он свалился под елку в своем картонном кукурузном саркофаге и валялся там, лицом вверх, водя ручками и ножками, как божья коровка, не в силах встать.

Дальше — больше. В школьном театре ему поручили роль со словами. Он должен был, как сказала учительница, стремительно вылететь на сцену к сидевшему в глубоком раздумье Емельяну Пугачеву и, задыхаясь от волнения, прокричать: «Батюшка Емельян Иванович, солдаты в лесу!»

Ну, во-первых, насчет «выбежать». На представлении он медленно вышел и развязной вихляющей походкой пошел на Пугачева. По-своему истолковав слово «батюшка», он фамильярно продекламировал: «Папашя! Солдаты в лесу!»

В параллельной театральным провалам жизни Гриша блестяще играл на скрипке и поступил в музучилище. Там, к несчастью, тоже был любительский театр. И этого афериста тут же взяли вместо выбывшего выпускника. И дали роль. Тихо! Грише Гольду дали роль эсэсовца, который допрашивает пленных. Что случилось с ним на премьере, никто не смог объяснить. Он вдруг робко появился на сцене не в свой выход, одернул черный пиджачок, поправил фашистскую повязку на рукаве, державшуюся на наивной резиночке, близоруко щурясь, огляделся и, не обнаружив пленных, корректно поздоровался с залом: «Хайль...» А потом, откашлявшись и сглотнув, как ябеда в детском саду, заорал в кулису, где за его маневрами ошалело наблюдал весь партизанский отряд в ватниках и теплых шапках, завязанных под подбородками. «Ага! Спайма-ались, русский партизанен!» — вдохновенно импровизировал Гриша.

В Черновцах было много любительских театров. Срывая премьеры, Гриша методично перебирался из одного коллектива в другой. В «Марии» Салынского его молодой геолог, охмурявший девушку в городском саду, хвастался: «Я драгоценные камни ищу. У меня даже бусы есть. Хотите, подарю?» И, не обнаружив в кармане забытых в гримерной бус, наклонившись к собеседнице, большим пальцем кивая на декорации высотных домов, блудливо прошептал: «Они там, в палатке...»

Злой Гришкин гений портил один спектакль за другим, пока в какой-то батальной сцене его не уронили в оркестровую яму.

С тех пор прошло много лет. А Гриша, не поверите, продолжает праздновать 27 марта — День театра, — как второй Новый год. Он живет в Закарпатье, играет на скрипке, работает в музыкальном театре «Ромалэ». Цыганом.

ПОЛЕТЫ ВО СНЕ И НАЯВУ

К сорока годам Толик заскучал. И начал он подумывать, а не заняться ли чем-нибудь. Например, стихи писать или космосом.

— Стихи не надо, — сразу отрезала жена Сима. — Еще чего! Лучше космос давай. А это доход приносит?

— Не знаю, космос — бизнес засекреченный, — отвечал ей Толик в задумчивости, потирая подбородок, закинув голову и вглядываясь в звезды.

И только подумал он про космос, как тут же вроде как начал слышать голоса. Оттуда. Иногда и сам разговор начинал. Эй, говорил, эй там! А ему вроде как в ответ, мол, че надо, брат? Так и беседовали. О загадках Вселенной, о предназначении человека, о погоде, о ценах и, что важно, об отношениях в семье. Толик не дурак, чтоб это свое «вроде как» развить и усовершенствовать, принялся семинары посещать, общаться с такими же, обмениваться опытом. Например, с контактерами. Одна — приемщица из химчистки, Зина, потом еще одна в автосервисе чехлы для автомобилей шьет, Тамара. И даже академик одна, Жанна. Нежная, плаксивая и возвышенная. И она ведь как — работала себе библиотекарем в научной библиотеке, куда чуть ли не одни академики шастали, в ус не дула, в кино ходила и куда позовут, хоть и редко ее звали. Потому что она была уж слишком загадочная. А таких, как вы понимаете, мужчины боятся. Особенно академики. Особенно после того, как подралась она как-то на праздновании дня рождения одного ученого. Академика. Получила, значит, случайно сахарницей по голове. Кстати, вот тут у нее все и началось. Ей после этого случилось откровение, что мы тут не одни отроки во Вселенной. И тогда она организовала академию по контактам у себя на дому и, конечно, назначила себя главным академиком. Потому что она ж там прописана, в своей квартире, а остальные, конечно, тоже академики, но простые, поскольку приходящие. Тут же и по телевизору Жанна выступила — телевизионщикам только дай, такие падкие на разных нетрадиционных академиков. Поделилась, короче, что да, видела, вот как вас сейчас, встречалась, говорила и путешествовала. Они надо мной всякие опыты делали. И даже норовила пуговки расстегнуть, спиной к камере повернуться и показать под лопаткой место, куда именно они вставили свой чип. И в голову тоже вставили. Но передача шла днем, ее могли смотреть дети, и поэтому ведущий сказал, мол, веримверим, не надо показывать. А Толик все это как раз смотрел (Жанна всех братьев по своему разуму обзвонила), и ему даже немного обидно стало. Что ж это? Все их видели, все встречались. И Жанна тоже. А он что — одни голоса слышит, и все? И то «вроде как». И он тогда задрал голову на звезды и мысленно попросил тоже ему вызов прислать. Гостевой. В космос. Только подумал — а тут и ему голос: мол, за твое терпение, пытливость, искренность, Толик, мы тебя вообще забираем. На ПМЖ. Вроде как. И жизнь твоя станет лучше, жизнь станет веселей. Можно даже с семьей.

Завтра ночью. В районе городского парка, где фонтан «Толстая девочка с огромной рыбой». В радиусе километр-два... Или три. Где-то так. Ну ты понял, Толик.

Поделился Толик с академиком Жанной. Та кокетливо, мол, а меня не захватите, Анатолий Васильевич? Жанна Толику нравилась, и он был даже и не прочь захватить с собой такого академика.

Толик домой пришел, жену, детей построил, объявил неохотно. Мол, семья, отбываю я. А как вы? Со мной или как? Жена, расчетливая Сима, сказала, мол, ну вот что, ты сам туда слетай, если понравится, если получится бизнес открыть, посмотришь, или налоги низкие там, коммунальные, школа там для детей какая, короче, смотайся давай, если выгодно — нас заберешь. А то как мы с места насиженного будем срываться, чего вдруг, мы ж не гуси.

По-быстрому чемодан Толик набил. Памятными фотографиями, дипломами и грамотами за спорт и труд в честь государственных праздников. И два кубка. Потом семь пар носков на первое время, сгущенка, супчики в пакетах, кипятильник электрический компактный. Таблетки от живота и головы. И горсть земли с огорода в носовом платке. Это жена придумала взять, Сима, очень душевно придумала, молодец. Будешь, говорит, над ней причитать в свободное время от инопланетных опытов над тобой, Толечка.

Ну вот и ночь. Попрощался с женой сурово, на детей спящих посмотрел печально. «Прям как в кино», — еще подумал. И пошел на дрожащих ногах. С чемоданом. В парк приперся. А там уже академик Жанна, тонкая натура, платочек теребит в руках, волнуется. Тоже с саквояжем — платьев набрала, не могла себе отказать, и литературу — сама написала. Восемь томов в голубеньких обложках. По нескольку экземпляров, чтобы дарить, а если и получится, то продать.

Вид у этой пары был такой таинственный и решительный, что все ночные хулиганы от них разбежались. Ходили-ходили эти двое с чемоданами вокруг «Толстой девочки с рыбой», ждали... Головы закидывали наверх.

— Сейчас все будет! — каждые полчаса обещал Толик академику Жанне.

Короче, бродили вокруг фонтана, заодно беседовали — рассказали каждый о своей жизни, как и что. Пожаловались друг другу, как их не понимают, родство душ обнаружили. Потом сонные притомились, на скамейку сели. Посидели-посидели, даже задремали, замерзли и — что делать? — потащились домой на рассвете. Домой к Жанне.

И там Толику неожиданно так понравилось — ну прямо как на другой планете. Он там несколько дней проживал, у Жанны. Пока носки не закончились. Потом домой явился.

— Был? — поинтересовалась жена Сима.

— Был.

— Понравилось?

— Да как тебе сказать? — задумчиво протянул Толик. — Не разобрал. Они должны опять знак прислать, чтоб опять туда лететь, к ним, на другую планету.

— Ну а как у них там, — продолжала настойчиво приставать Сима, — вот ты прилетел туда, и что?

— Ну... Уютно там у их. Питание опять же хорошее, — задумчиво отвечал Толик.

Потом он несколько раз еще летал на другую планету. Правда, Сима все удивлялась:

— Толь, а зачем ты туда шампанское берешь? И шоколад? Там что, своего нету, что ли?

А насчет «вроде бы голосов» у Толика как отрезало. Ходит веселый такой, нескучный. Особенно перед очередным полетом...

А Жанна, академик, оказалась женщиной очень разумной и практичной, кто бы подумал. По секрету рассказывает:

— А что, — говорит, — и видела я ее, тарелку-то эту. Видела, не отрицаю. Уже почти рассвело, Анатолий-то рядом задремал как раз. Действительно, тарелка, полетала, мигнула разок, мол, эй, брат по разуму Толик и сопровождающий тебя академик, ну че, поехали? А я это ихнее блюдо летучее как шугану шепотом: «А ну кыш отсюда! Понапетели тут!»

И они с испугу скорость набрали и свинтили.

Нет, ну а что нам там делать в том космосе? Ценить же надо! И по телевизору еще «Не родись красивой» не закончилось, а я знать хочу, кто на ком женится...

НЕ ПОКИДАЙ МЕНЯ, ДЗУНДЗА!

Однажды мы выдавали замуж мою старшую сестру Лину. Это случилось абсолютно неожиданно. Из другого города ездил к нашей Линке ее друг Аркаша со звонкой фамилией Дзундза. Он звонил из автомата: мол, я приехал, выходи. А к нам домой прийти — ужас! — он так стеснялся. А мама приглашала, мы же все хотели посмотреть на Линкиного Дзундзу. Мама говорила: «Познакомь нас! Ты что, — подозревала мама, — ты что, нас стесняешься?» А папа добавлял, что мы же — интеллигентная семья. Благодаря маме. И что он, Дзундза Аркадий, еще будет этим гордиться. Да-да... да-да...

И был как-то осенью дождик. И холодно. Линка простудилась. Тут вдруг телефонный звонок: Дзундза. Лина ему говорит — дождик, холодно. И, с одной стороны, она хотела бы видеть Аркашу, а с другой стороны — ее мама не пускает, потому что температура. А Дзундза растерялся: к нам зайти боится — что же делать? И Лина наша пошутила, умная: «Тогда уже женись!»

Пошутила и забыла. А Дзундза расценил это как приказ. Через неделю он неожиданно позвонил. Но не по телефону, а в нашу дверь. Линка вся в мыле — она Каролину, собаку нашу, купала — открыла... И стоял там Дзундза, такой торжественный-сияющий-праздничный, с букетом и двумя родителями — мамой и папой Дзундзами.

Мы, конечно, были в ужасе. Мы ведь ни сном ни духом. Линка возилась с Каролиной. Я на кухне чистила клетку, где жил волнистый попугайчик Терентий, мама мыла посуду после обеда, а папа, как всегда, пел свою любимую песню про «я могла бы побежать за поворот, только гордость не дает» и налаживал удочки на зимнюю рыбалку. И так под папино пение мы мирно переругивались на тему: почему все в доме должна делать именно мама, — и у каждого был свой аргумент. У Линки — собака, у меня — попугай, у папы — песня. И вот нагрянули Дзундзы...

Сначала я даже обрадовалась. Наконец-то мы увидим Линкиного избранника. Ой! Он оказался такой симпатичный, такой застенчивый, что сразу уронил в прихожей большой керамический горшок с деревом алоэ. И алоэ шлепнулось на пол, и мокрая наша собака Каролина собрала на себя всю вывалившуюся из горшка землю. И попугай наш Терентий заорал: «Подсекай!» Мы все выбежали в прихожую и толкались там, от неловкости дотаптывая бедное, похрустывающее под нашими ногами алоэ. Мама Дзундза была в красном пальто, огромная, как гренадер. А папа наоборот — мелкий и с усами. Мама Дзундза басом сказала стишок, что у нас товар — у них купец. И подмигнула, вручив маме коробку с тортом. И все остальные неловко захихикали, умиленно наклоняя головы то к правому, то к левому плечу. Гостей повели в дом. Мама Дзундза топала громко и уверенно — бух-бух! — большими, как у пожарного, ногами, папа же Дзундза передвигался суетливыми перебежками — топ-топ-топ, топ-топ-топ, — как муравей, стараясь никому не мешать и не привлекать внимания.

И тогда я поняла, что Аркаша — в папу. И это мне очень понравилось.

Через несколько минут мы все ошалели еще больше, потому что выяснилось, что

Дзундзы к нам приехали почти навсегда. Ну то есть с ночевкой. Положение, как всегда в нашей семье, спасла мама. Ну как она придумывает мгновенно такие слова, как она умеет все смягчить — недаром папа гордится, что у нашей мамы голубая кровь! А в нас с Линкой мамина интеллигентность вымерла еще в детском саду. (Так всегда добавляет папа.) Мама привела Аркашу и Аркашиных родителей поселиться в нашу с Линой комнату, где папа за минуту до этого разбирал удочки и орал песню про девичью гордость. Аркаша, как только вошел, конечно, сразу зацепился за рыболовный крючок и, пытаясь выбраться, закрутил на себя половину очень ценной папиной лески, заодно затянув в круговорот и своего папу Дзундзу. Так они вертелись, пыхтели, стыдливо улыбаясь, кланяясь и извиняясь, пока папа не схватил острый нож и под визг особо слабонервных — то есть меня — разрубил узел и выпустил Дзундз на свободу. Мама и Лина побежали на кухню готовить ужин, Аркаша вызвался им помогать, а мы с папой плотно сели в комнате с гостями, потому что надо же кому-то выяснить, в какую семью Линка замуж идет.

Оказалось, в ужасную: папа Дзундза работал дантистом, а мама Дзундза преподавала математику в школе. (Как я ненавидела зубных врачей и математику!) И если папа Дзундза молчал, то мама Дзундза разошлась, обнаружив свежего слушателя — моего папу, и убеждала, что у нее математику знают все. И потом, когда она сказала, что даже «в пьятом классе дети высчитывают семенерку в четыренадцатой степени», я под видом «сейчас-сейчас» побежала на кухню шептать Лине про «семенерку в четыренадцатой степени», но там было не до меня. Там бинтовали Дзундзу-младшего. Аркаша успел залезть в клетку к Терентию, нашему попугаю, и тот больно, до крови, укусил Аркашу за палец. И чего полез? Наш попугай на тот период был влюблен в колокольчик. Обычный такой рыбацкий колокольчик — наш папа ему подвесил для развлечения. А что удивительного? Я, например, читала о том, как гусь ухаживал за садовой лейкой, и сама лично была знакома с индюком, очарованным старой пуховой подушкой. Такой был изумительной красоты индюк с гордым профилем ацтека... А Терентий оказывал знаки внимания колокольчику, кормил его зерном, изюмом, пел ему песенки и любовался возлюбленной(ным?), склонив набок свою буйную головушку. Кстати, у нашего попугая была еще одна страсть, из-за которой мы закрывали Терентия в клетке не только на задвижечку — он ее легко открывал, — но и на прищепку. Дело в том, что Терентий обожал сидеть в теплом картофельном пюре. В центре тарелки. И если вдруг клетку забывали закрыть, Терентий во время нашего обеда вылетал и купался в чьем-нибудь пюре, заедая купание котлеткой и овощами.

В тот день, когда Дзундзы приехали сватать нашу Лину, на ужин, как назло, готовили картофельное пюре. Естественно, в суете, бинтуя Аркашу, накрывая на стол, попутно отпихивая вывалянную в земле все еще мокрую Каролину, забыли прищепить Терентия. Он возился недолго, чтобы открыть свою клетку, — ровно столько, чтобы пюре чуть-чуть остыло. Терентий вылетел как раз тогда, когда опрокинули третью рюмочку за родителей и чтоб был мир во всем мире, и мама разложила по тарелкам горячее — фрикадельки и картофельное пюре. Никто не заметил, как Терентий летает над столом, примериваясь, — он же маленький. Мамы обсуждали варианты свадебного меню, Аркаша беседовал с Линой, папа вдохновенно рассказывал папе Дзундзе, какая рыба на что клюет. Терентия засекла только я, но поздно... Попугай со всего размаху бухнулся пузом прямо в центр тарелки папы Дзундзы. Тот, вежливо кивая моему папе, обнаружил непрошеного гостя и сначала пытался незаметно вилкой спихнуть попугая.

Но Терентий же не муха. У него вообще наш семейный характер: он не только настойчив, но и жизнелюбив. И тогда старший Дзундза смирился и наперегонки с попугаем стал поглощать салат и фрикадельки. Я завороженно следила, кому же больше достанется... Болела за Дзундзу — он явно проигрывал. У Терентия всегда был отменный аппетит. Наконец попугай наелся и, пригревшись в остатках пюре, вздремнул под разговоры. И Дзундза-папа аккуратно доел, что осталось, деликатно возя вилочкой вокруг картофельного островка, где сидел осоловевший Терентий. К тому времени его увидели уже все, но, к моему удивлению, мама Дзундза, хоть и была учителем математики, искренне всплеснула ладонями и ахнула басом: «Какая прелесть!» Наша мама сидела с бледным вытянутым лицом и делала мне страшные глаза, чтоб я водворила Терентия в клетку.

Крик ужаса мы с мамой услышали одновременно, когда разливали чай, — Лина пошла в свою комнату за детскими фотографиями. Мама глазами приказала мне бежать и выяснить. Я побежала... Картина была ужасной! Каролина, наша болонка, чумазая, мокрая и счастливая, уютно свернувшись, спала прямо на пальто мамы Дзундзы — на новом красном пальто, небрежно брошенном в кресло.

Ой-ой-ой! И это было еще не все. Не все. Пальто — мелочи. Что пальто... Мы с Линой тихонько унесли его к родителям в спальню, а потом ночью Лина и мама вычистили его. Пальто — ерунда.

Страшное дело — мы забыли совсем о главном. Мы! Совсем! Забыли! Про кота!!!

Это была моя и только моя вина. Я обожала свою сестру. И искренне хотела ей счастья. И ужасно боялась, что ее не возьмут замуж за Аркашу из-за меня. Ведь папа сказал, что девушки — это такой товар, что надо отдавать, пока его просят.

Так вот, я прикормила уличного кота. И у него, у этого кота, появилась бессовестная привычка по ореху взбираться на окно нашей с Линой спальни. Обычно вечерами или позже он бродил по подоконнику туда-сюда, гремел жестью, подвывал и бодал головой стекло. Короче, те гости, которые оставались ночевать в нашей комнате, переживали по ночам незабываемые впечатления. (Если мы забывали их предупредить.) Комната-то была на втором этаже...

И вот, когда все уже улеглись спать, мама вдруг ахнула: кот! Мы забыли сказать им про кота. И именно в этот момент раздался грохот — кот вспрыгнул на подоконник. Мы — мама, папа, Линка и я — в пижамах столпились у двери наших гостей, прислушиваясь. Кот гремел, как каменный гость, но в остальном никаких других звуков не было: никто не кричал, не возмущался. Наши гости то ли замерли от страха, то ли потеряли сознание...

Папа спустился вниз во двор, чтобы позвать и покормить кота. А мы в жутком настроении разошлись по комнатам. Хуже всего было мне. Из-за меня Линка могла остаться старой девой и всю жизнь вязать синие чулки.

Утром я все проспала. Когда я проснулась, в доме пахло ванилью: на кухне мама Дзундза и моя мама пекли оладушки. Мама Дзундза что-то неторопливо рассказывала моей маме. Я пробралась в ванную — оттуда было удобно подслушивать: мама Дзундза рассказывала, как она познакомилась с папой Дзундзой и как они однажды поссорились на мосту, и папа Дзундза повернулся и ушел. И тогда мама Дзундза закричала с моста во весь голос, — а у нее был тот еще голос, — она закричала так, что ее услышал весь город. «Не покидай меня! — протрубила мама Дзундза. — Не покидай меня, Дзундза!»

И папа Дзундза остался. Навсегда.

И так мне это понравилось, что я вышла из ванной, побежала за учебником математики и попросила маму Дзундзу объяснить мне формулы сокращенного умножения, которые я не понимала и путала. И она объяснила терпеливо и очень понятно. И потом мы снова сидели за столом, и наш папа вместе с папой Дзундзой пели песню про «побежать за поворот», душевно и тепло.

Весной наша Линка вышла замуж и стала Дзундзой. Родители Аркаши в своем городе рассказывают, что они взяли девочку из очень хорошей, интеллигентной семьи. И добавляют, что они — то есть мы — очень любят животных. И что это хорошо о них, то есть о нас, говорит.

ЛИЧИНКА, БРИТАНЦЫ И ПРИНЦ АЦДРУБАЛЬ

Есть в Карпатах такой маленький городок — Вижница. Город художников, поэтов и авантюристов. В Вижнице заканчиваются цивилизация, время, мир. И начинается вечность. Дальше, то есть выше, ходят не в туфлях, а в постолах, ездят не на автомобилях, а верхом на крепких лошадях, лечатся не таблетками, а травами, поклоняются духам воды, леса, гор и привораживают любимых. Привораживают, заговаривают, пришептывают любимых на всю жизнь или на время. Это уже кто как любит. А если от любви страдают, если страдают от любви — распускают косы по плечам, идут в горы и ищут в лесу старую ворожку, что готовит зелья горькие, отворотные. Да мало ли… Сколько там еще загадок и тайн! В Вижнице заканчиваются рельсы. Обрываются — и все. Дальше — тишина, небо, горы, таинственный звон и синий цветочек чебрик.

Именно туда, в загадочную Вижницу, и собрались приехать британцы. Точнее, жители Манчестера. Их интересовали белые грибы, травы, местные живописцы, водопады, старинные автокефальные соборы и — горы, горы, горы.

Толмачей для англичан пригласили из нашего агентства. Должны были ехать Асланян, Розенберг и я. Но Асланян и Розенберг подрались в магазине «Дружба народов». Из-за «Беовульфа». На староанглийском. Это было еще тогда, когда книг не хватало и интеллигентные люди даже дрались за право обладания. Асланян и Розенберг подрались, повалив несколько стеллажей. Их забрали в милицию, и мне пришлось одной ехать за англичанами в Ленинград, а потом сюда, в Вижницу. Конечно, если бы я была в тот момент в магазине «Дружба народов», я бы тоже подралась с Асланяном и Розенбергом. И не исключено, что победила бы. Потому что «Беовульф» — редкость большая и на дороге не валяется.

Вместе со мной в Ленинград за гостями от общественности Черновицкой области выехала самая серьезная женщина города Черновцы Стефания Федоровна Личинка. Личинка — самая серьезная женщина не только потому, что у нее абсолютное отсутствие чувства юмора. Нет. Самая серьезная женщина — это общественный статус. Объясняю. Каждый год в канун Восьмого марта в Черновицком областном драматическом театре проходит торжественное собрание, посвященное этому международному дню, о котором другие народы, кроме бывшего советского, имеют смутное представление. В президиуме собрания сидят суровые дядьки в пиджаках, с ответственными лицами. В виде исключения в этот день в президиум сажают трех женщин. Как правило, одних и тех же. Это профсоюзные деятельницы в костюмах джерси, с навеки залакированными прическами со следами бигуди. Личинка была одной из трех. Испокон веков в нашем городе их называют самыми серьезными женщинами Черновцов. А кого же еще можно посадить в такой президиум?

Вот в такой компании я и выехала поездом в Ленинград. У Личинки в полиэтиленовой сумке под кожу лежала наличность, выданная ей городом для встречи британцев: посещение дворцов, музеев, театров и ресторанов.

Всю дорогу Личинка рассказывала мне, как в юности она не поддавалась на происки империализма. И в ГДР, и в Польше, и в Болгарии. Она поучала меня долго, больно тыча в мое плечо твердым профсоюзным пальцем и подозревая меня во всех грядущих грехах. Она воспитывала меня, бесцеремонно называя на «ты», пока в соседнее купе не вошли офицеры. Глаз Личинки заблестел, она завершила воспитательный час, поправила перед зеркалом прическу, вышла из купе и мечтательно уставилась на проплывающие за окном пейзажи. Офицеры зазвенели бутылками и возбужденно загалдели, приглашая меня и Личинку принять участие в военных увеселительных мероприятиях. Я отказалась резко и сразу. Личинка поломалась и согласилась. Еще через час Личинка сняла пиджак. И всякую ответственность. Она пела песни своей юности и хохотала. Офицеры поскидывали обувь, бегали к проводнику за стаканами и штопором. И босиком, в форменных брюках и распахнутых кителях, были похожи на пленных немцев.

Гусарская попойка длилась до Ленинграда. Гусары перешли с Личинкой на «ты» и хором пели песню: «Хорошо в степи скакать, свежим воздухом дышать». Личинка разгулялась, но с заветной сумкой при этом не расставалась. Молодец.

Британцы из Манчестера благополучно прилетели и накинулись на Ленинград без объявления войны.

— Скажи им, что я от профсоюза, — требовала Личинка.

— Личинка — от профсоюза! — констатировала я британцам.

— Хорошо, — безразлично кивали британцы.

— Ты сказала? Ты сказала им, что я — профсоюз? — настаивала Личинка.

— Да.

— Ну и что они ответили?

— Они ответили, что хорошо, что вы от профсоюза.

— И все?! — недоумевала Личинка. — Может, у них есть ко мне какие-нибудь провокационные вопросы?

— У вас есть вопросы к мисс Личинка? — поинтересовалась я.

— Есть! — вдруг активизировался старший группы Дэвид, как оказалось — опытный путешественник, побывавший в СССР несколько раз. — Можно не идти к Авроре, в музей революции и в музей Ленина?

— Можно?.. — спросила я Личинку.

Личинка подняла глаза к небу, посчитала сэкономленные на политической пассивности англичан средства, выданные ей наличностью, и, сказав, что это крайне подозрительно, разрешила.

В магазине «Сувениры» на Невском я купила огромный отбойный молоток для своего папы. Это был такой сувенир — шариковая ручка в виде почти метрового отбойного молотка. Папа будет смеяться — решила я и купила это уродище. Личинка прикупила себе бюстик Есенина и осуждающе шипела, что я веду себя крайне подозрительно. Британцы по моему примеру купили отбойные молотки и себе. А потом еще веревочные авоськи и меховые шапки-ушанки. Отбойный молоток был громоздкий, хоть и пластмассовый, и не влезал в сумку. Я полдня таскала его на плече. С ним же поволоклась в Кировский театр на «Гаянэ». Уставшие британцы плелись за мной со своими отбойными молотками и в меховых ушанках, похожие на махновцев-стахановцев, только что вышедших из забоя.

— Крайне, крайне подозрительно! — осуждающе кивала головой Личинка и делала вид, что она не с нами.

Пока мы пытались сдать в гардероб авоськи и шапки (молотки у нас не взяли), Личинка пропала. Мы нашли ее отбивающейся сумкой от какого-то «не нашего» империалиста, который, приняв ее за театральную служащую в ее форменном костюме джерси, на разных языках спрашивал, как ему пройти к своему месту. Придя на помощь Личинке, я объяснила империалисту по-английски, куда ему следует пройти и где сесть.

— Скажи ему, что я из профсоюза! — Личинка возмущенно, по-куриному отряхивалась.

— Она из профсоюза, — послушно отрекомендовала я Личинку.

— А! О!..

Империалист бросился целовать Личинке руки. Она от возмущения вновь замахнулась на него сумкой. Империалист, прижимая руки к сердцу и без конца кланяясь, убыл в указанном ему направлении.

В антракте он появился в нашей ложе, снова кланяясь и извиняясь, и церемонно преподнес мне красиво запакованную коробочку со словами: «Сувени-и-ир! Португа-а-алия!» Личинка цапнула коробочку и, ловко вытащив из-под кресел папин отбойный молоток, протянула его португальцу: «Сувени-и-ир! СССР!» А мне зашептала:

— Та-а-ак! Вот мы и влипли! Это же приспешник Салазара! Фашист!

— Но в Португалии уже давно нет фашизма! — возмутилась я.

— Может, и нет, но это не дает тебе право общаться с салазаровским наймитом!

Я горько вздохнула. Наймит был интеллигентен, хорош собой, и во лбу у него явно было несколько качественных высших образований. С изяществом юного князя он поволок отбойный молоток к себе в ложу, послав на прощанье такой отчаянный взгляд, что у меня перехватило дыхание.

В следующий раз приспешник Салазара выскочил на нас в Эрмитаже. Радостно и удивленно, с сияющими глазами он подпрыгивал и ликовал за спинами моих британцев, размахивая ярким платком, пока я старательно переводила англичанам сведения об экспонатах рыцарского зала. Португалец и сам выглядел бы как рыцарь при дворе короля Артура, если надеть на него доспехи, дать в руки щит и меч Эскалибур. Хотелось называть его «милорд» — он похож был на принца, не осознающего своего высокого положения. Принца по крови, по духу и по воспитанию.

— Та-а-ак... — заподозрила Личинка. — Крайне странно... Ты ему сообщила, что мы собираемся в Эрмитаж?

— Не-ет...

Я сама была удивлена. И обрадована. Империалист наконец назвал свое имя — Ацдрубаль. Его звали Байо Пинто Ацдрубаль. Это было не имя. Песня. Поэма. Через несколько часов шатания по Эрмитажу мы с британцами собрались идти отдыхать в отель. Ацдрубаль увязался за нами. По дороге он пел. Изображал тореро. Танцевал. И без конца целовал мне руки. Личинка шипела и негодовала. Британцы хохотали. У гостиницы под бдительным профсоюзным оком мы с португальцем снова расстались, теперь уже навсегда. Не приходится говорить, что он уносил в своей тонкой и сильной руке мое сердце...

...В цирке шапито, куда мы приехали с англичанами, на арену вышел верблюд. Заносчивый и облезлый, он вышел явно в дурном настроении, всем своим видом демонстрируя презрение к зрителям. Плохо ему было, этому верблюду. То ли несварение, то ли полнолуние, то ли вообще — а ну ее, эту жизнь. И я его очень хорошо понимала. Верблюд надменно оглядел публику, выбрал Личинку, оценил ее костюм джерси и плюнул. Верблюжий плевок пеной расположился вокруг Личинкиной шеи и улегся липким боа у нее на плечах. Личинке стало плохо. Она повалилась ко мне на руки, не выпуская сумку с деньгами из цепких пальцев.

— Врача! Врача! — закричали вокруг.

На крик прибежал врач... Им оказался потомок лузитан и Генриха Мореплавателя Байо Пинто Ацдрубаль, принц и воин, отважный рыцарь короля и хранитель Ордена справедливости, правды и красоты. И, откачивая мою Личинку, он зашептал:

— Это судьба... — Он зашептал: — Судьба! Третий раз! Третий раз мы встретились в этом большом чужом городе! В чужом холодном городе на воде! Это судьба...

И от огорчения, что он шептал это не мне, а Личинке, я проснулась. Поезд стучал на стыках. Тускло горела лампочка в купе. Личинка вскочила и суетливо завозилась, проверяя сумку.

— Я все напишу в отчете! — пообещала она, оплеванная в моем сне, но бдительная. — Я все напишу, когда мы приедем домой, — пообещала самая серьезная женщина нашего города.

И она написала. Что переводчица, молодая и легкомысленная, которую так неосмотрительно послали встречать важную для города группу, вела себя крайне подозрительно. Подробности занимали три листа.

А я довезла своих британцев в Вижницу и сдала на руки Асланяну и Розенбергу, свободным и помирившимся. В первый же день они потащили британцев смотреть, где заканчиваются рельсы.

Мне же осталось только распустить волосы и пешком отправиться в горы: искать в лесу старую ворожку, пить горькое отворотное зелье. Горькое отворотное зелье — от любви.

БЛИЗНЕЦЫ

Один из лучших знаков гороскопа — Близнецы. Они чувствительны и талантливы. Они общительны и добры. Они привлекательны и артистичны. А главное — они могут ужиться со всеми другими знаками Зодиака: и с упрямыми Козерогами, и с подозрительными Весами, и с властными Львами, и даже с коварными Скорпионами.

Я — Близнец. Братьев и сестер Близнецов у меня видимо-невидимо.

Например, брат-близнец Слава. С ним мы солидарно худеем. То есть сбрасываем вес. Однажды договорились в Одессе: давай, мол, брат Слава!.. И он: давай, брат Маруся!.. И все. Близнецы — люди слова. Он — в Донецке. Я — в Черновцах.

— Ну что, — звонит брат Слава, — ты уже похудела?

— Конечно! — заверяю я брата Славу, дожевывая пирожок. — Я так похудела, что влезла в свои старые дозамужние джинсы! А ты?

— А я, — говорит Слава и тоже чавкает чем-то аппетитным, — я так похудел, что влез в свои детские тапочки. — Тут он спохватывается и честно добавляет: — Правда, без задников, шлепанцы.

Близнецам иногда свойственно привирать. Но они во что бы то ни стало избегают конфликта. Видите, хоть Слава и родился в январе, — он явный Близнец, дружелюбный и, главное, правдивый.

Сестра-Близнец — Капитолина. Она — моя одноклассница. В школе была жуткой активисткой. Если кто-то опаздывал в школу, или не ходил в библиотеку, или, не дай бог, не участвовал в сборе металлолома — Капитолина вечером шла к нарушителю домой. С барабаном. Пионерским, конечно. Она становилась под окном несчастного и била в барабан. Чтобы все вокруг знали, что, например, ее подруга Гончарова — белоручка-пианистка — отлынивает от сбора металлолома. А Родине нужен металл. И Гончарова ее, Родину, этим металлом должна обеспечивать. Такая у Капитолины была идея. И она в эту идею верила, что меня в ней и восхищало. Недаром же говорят, что Близнецы ищут нестандартные подходы к решению проблем. И однажды, когда мне было очень худо, Капитолина своим барабаном подняла весь профессорский состав мединститута, и они под ее недремлющим оком спасли меня и моего родившегося тогда сына. И хотя Капитолина родилась в июле, она — явный Близнец. Явный.

Брат-Близнец Аркадий — талантливейший импровизатор. Он может все. А то, чего не может, — все равно может. Судите сами: инспектора ГИБДД отдают ему честь, даже когда он идет пешком. А если уже и едет, то останавливают только по двум причинам. Первая: хотят угостить тем, что есть у них в кармане, — чаще всего это карамельки. Или хотят посмотреть гитару, которую Аркадий всегда возит на заднем сиденье в чехле. Так и говорят, когда останавливают: «Инспектор ГИБДД сержант Сидоренко. Дозвольте на гитарку подывытыся...»

А поскольку Близнецы — люди великодушные (ну и что ж, что Аркадий — декабрьский?), конечно, он достает гитару из чехла и дает инспектору. Иногда под настроение может песню ему спеть. Или романс. «В полях, под снегом и дождем, мой милый друг, мой нежный друг, тебя укрыл бы я плащом от зимних вьюг, от зимних вьюг...» Инспекторам ведь несладко стоять на дороге. И потом, жаль их: они ведь не Близнецы.

Сережа — еще один брат. Сердечных дел мастер. Нет, он не Дон Жуан. Не Казанова. Нет. Сережа — врач-кардиолог. Но люди идут к нему по любому поводу: с зубной болью, с животом, с похмельным синдромом или с печалями душевными. Однажды ему принесли огромного яркого попугая Арчибальда, заносчивого, как завсегдатай английского закрытого мужского клуба. Арчибальд наглотался ярких цветных скрепок и забил себе зоб. Сережа — решительный и энергичный, с интонациями молодого Пирогова воскликнул: «Оперировать! И немедленно!»

Кстати, Близнецы невероятно изобретательны. Сережа накормил попугая булкой, смоченной в водке. Арчибальд бесконтрольно вырубился, повесив свою яркую головушку и раскрыв клюв. Но когда Сергей, уже выщипав перышки, разрезав, почистив ему зоб от скрепок, собирался зашивать, — попугай открыл один глаз и хрипло произнес: «Дурак ты!» — и снова уснул. Ни до операции, ни после попугай больше не говорил.

Близнецы — народ несколько злопамятный. И Сергей зашил синюю грудку попугая темными шелковыми нитками так, что теперь Арчибальд с черными горизонтальными полосками на синей голой груди потерял свой аристократизм и стал похож на пьяного матроса.

Да, кстати, Сережа — Близнец февральский.

Моему младшему Близнецу Вадимке три годика. Его, маленького и трогательного, приводят ко мне учить английский язык.

— Кто ты сегодня, Вадимка? — играем мы с моим маленьким братиком-Близнецом в нашу игру. — Ты мальчик или птичка?

Вадимка стеснительно поводит огромными серыми глазками и тихонько шепчет:

— Я — цветочек...

Как и все Близнецы, Вадимка очень любит природу, лошадей и свободу. Вчера он сочинил стишок: «Я скакаю по полям, по полям. Я скакаю на коням, на коням!» Талантливый, как и все Близнецы, несмотря на то что родился в апреле.

С сестрами Наташкой и Соней мы — тройняшки, хотя они обе опоздали с рождением. Одна — летняя. Вторая вообще явилась в свет осенью. Мы понимаем друг друга молча. Без слов. Мы собираемся и по-хорошему молчим. А потому что Близнецы — народ умный, спокойный, мечтательный и лиричный. Близнецы — они такие, что обнять и плакать растроганно... Наташка носит часы на шее, как раньше аристократки носили бархотку. У ее часов длинный ремешок. Это страшно раздражает людей других знаков Зодиака. Они спрашивают — мол, Наталья Викторовна, который час. А Наташка достает из кармашка маленькое зеркальце, подносит к часам на шее и говорит: «Без пяти пять». Она вообще очень любит это время. И Соня любит. Мы все трое любим время без пяти пять. Очень обнадеживающее время. Как весна.

Близнецы, как известно, преданны и верны. Таков мой брат-Близнец Чак. У него мечтательные маслиновые глаза, огромная умная голова, мокрый любопытный нос и кокетливый пушистый рыжий хвост. И когда он кладет мне голову на колени и, попирая все законы природы, говорит: «Мх-а-ма», — я понимаю, что мы, Близнецы, — такой знак, который может найти общий язык со всеми. Хотя Чак и родился в ноябре.

Недавно брела по улице, уставшая и подавленная. На углу вдруг заиграл трубач. Он так играл, этот старый полуслепой трубач в тяжелых очках и в изумительно потертых джинсах... Он так играл! Я, конечно, бросила денег в футляр у его ног.

— Спасибо, красотка! — весело поблагодарил он и опять заиграл.

«Точно, Близнец!» — подумала я. Хотя наверняка и не родился в мае... Но Близнец. Очевидно. Близнец.

ТАЛИСМАН

Тяжело мне быть взрослой. Потому что частенько результат какого-либо дела напрямую зависит только от меня. Например, футбол. Что вы хихикаете? Какое я имею отношение к футболу? Самое прямое. Самое!

Для футбольных болельщиков нашей семьи — мужа, сына и папы — я футбольный талисман. Вот как бывают талисманы разных чемпионатов — пингвины, медвежата, хорьки там разные, волки. А для нашей семьи талисман — я. Причем действующий. И многофункциональный. В свободное от футбола время я не сижу на шкафу, растопырив лапы и выпучив глаза, как другие талисманы, прикрытая полиэтиленовым пакетом от пыли. Я, как часто говорит в порыве благодарности мой муж, украшаю жизнь нашей семьи — то есть готовлю, убираю, хожу на работу и зарабатываю деньги, выгуливаю, кормлю и воспитываю собаку, кота, двух попугаев и двоих детей. И только когда по спортивному каналу идет важный футбольный матч, меня громко зовут к телевизору быть талисманом. Могут вызвонить меня из салона красоты, вытащить из ванной, выдернуть из постели, украсть с работы, увезти из кондитерской, где впервые за много лет наконец встретились подруги, живущие в разных городах или даже странах. Словом, когда идет футбол, я обязана сидеть на диване перед телевизором и следить за *нашими*. И тогда *наши* выигрывают. Но нельзя отвлекаться, медитировать, думать, мечтать о своем, вязать, вышивать, рисовать, то есть делать все, чем я могу заняться у телевизора, нет, формально присутствовать нельзя, что вы... Надо следить за мячом и, главное, волноваться. Причем искренне.

Иногда я беру с собой кота. Хоть какая-то забава, особенно когда футболисты вялые, а матч неинтересный. Тем более котик мой это любит. Он садится перед телевизором на хвост, водит усами туда-сюда, фыркает, а потом начинает лапами ловить футболистов или мяч. Тогда мои орут:

— Убери кота! Убери кота! Он мешает!!!

— Кому?! — ехидно вопрошаем мы с котом. — Вам или футболистам?!

Эту мою способность быть талисманом, то есть влиять на ход матча, знают все друзья мужа, сына и папы. И когда идет футбол, и когда в первом тайме *наши* уже прововоронили два мяча, и когда уже завалили всю игру, и когда тренер уже достал что-то, чем обычно стреляются тренеры, к нам домой звонят:

— Она дома?

— Да.

— Она смотрит?

— Да.

— Она следит?

— Ой, блин, она же спит!!!

— А ну-ка подтолкните ее, эту сволочь, пусть смотрит внимательно... И пусть *волнуется*!!!

Беда в том, что я жаворонок, а футбольные матчи транслируют поздно вечером. Я отчаянно хочу спать. А мои орут и скандируют.

И меня шпыняют так, что я борюсь с искушением дать каждому чем-то тяжелым по башке. И если от этого крика и тычков я включаюсь в матч и внимательно слежу глазами за мячом, на последней минуте *наши* как минимум равняют счет и выходят на ничью.

Если я смотрю невнимательно, не переживаю или вообще не присутствую у телевизора и если вдруг, как часто бывает, наши проигрывают, мужская половина нашей семьи и их друзья на меня обижаются и со мной не разговаривают.

Не могу сказать, что я скучаю, нет, бывают и симпатичные матчи. Например, однажды, когда впервые в новом составе играл «Шахтер», я все время спрашивала, почему некоторые футболисты не вымылись, прежде чем на матч ехать. Они что, прямо из шахты? И почему, интересно, главный горняк Донбасса носит игривое румынское имя Мирча? Меня строго попросили не задавать глупые вопросы и обвинили в неполиткорректности. Я со слезами на глазах жалела этих несчастных лиловых афроукраинцев, которые бегали по мокрому полю и пугливо отмахивались от снежинок, огромных, как мухи цеце. А снежинки мягко таяли на их курчавых шевелюрах и вместительных шоколадных носах.

Когда я болела и мне нельзя было волноваться, *наши* стали проигрывать особенно часто. Когда я была в отъезде, где не было ни российского, ни украинского телевидения, *наши* съехали по турнирной таблице со стремительностью бобслеистов.

Совпадения, говорите? Ну-ну...

Звонят тут как-то все мои мужчины почти одновременно, приехать домой не могут: у мужа — срочная проверка, но телевизор в его кабинете включен, у сына — срочная работа, опять же телевизор где-то там прослушивается на заднем плане, у папы — последняя перед соревнованиями тренировка, все его гимнастки прыгают и крутятся на брусьях, но краем глаза папа смотрит футбол.

Говорят мои хлопцы: «Быстро включай телевизор, третий канал, смотри матч, болей за наших. Лига чемпионов, поняла?! Лига чемпионов!!! Приедем — проверим. Ответишь, если что! Ты же у нас талисман! Давай, на тебя страна смотрит!»

Я очень люблю нашу страну. Умом. А вот телом... Вернее, его конкретной частью — сердцем — я люблю Великобританию. Почему именно Великобританию? Ну сперва класс английский, потом факультет, потом практика в Шотландии. В общем, люблю, и все! Тут ничего не поделаешь. Любишь умом и сердцем, иногда разное. Но вот из-за этой раздвоенности бывают и недоразумения.

Включила телевизор, села, смотрю. Объявляют: «Динамо», Киев. Ага. То есть *наши*... И «Манчестер Юнайтед»... Что?! «Манчестер Юнайтед»?! То есть... *мои*!!! Это же *мои*!!!

Я взяла кота на руки, твердо помня, что болеть надо за *наших*. Но это умом. А телом... Ну вы помните... То есть сердцем... Словом, сидим мы с котом, смотрим. *Наши* все гордые и в белом, у нас в стране все сейчас, которые гордые, они обязательно в белом. *Мои* же в красных кофточках и черных штаниках, не очень хорошее сочетание цветов, скажу я вам. Но зато немаркое. А белое ведь, если испачкать, так потом не ототрешь и очень видно... И такой неопрятный вид у этих в грязно-белом потом, если испачкаться...

Пока я так размышляла, *наш*, который гордый и в белом, бежал-бежал, шлепнулся и стал ойкать — давить на жалость. А я прямо разозлилась, ну что же он — большой такой уже, а прикидывается. Потом дяденька в полосатом, главный по футболу, судья руками махнул и назначил этот, ну штрафной. Сколько смотрю футбол, столько жду, что как скажут «штрафной», так тут же бокал хрустальный вынесут на подносе и заорут: «Пей-да-дна! Пей-да-дна!» А тут просто один футболист, *мой*, в красной кофточке, убегает в сторонку, немного разминается — болтает ногами туда-сюда, потом поправляет носки свои длинные и как даст ногой по мячу. Мой кот как раз к этому времени, к штрафному, развеселился, разыгрался и стал ловить мяч. *Мой* в красном ударил ногой по мячу, мой кот ударил лапой по экрану, туда, куда мяч покатился, и еще один *мой* с подачи моего кота головой вколотил мяч в сетку *наших* ворот. Го-о-о-о-ол!!!

— Ты смотришь?! — грозно зазвонил телефон.

— А как же! Конечно, смотрю!

— Смотри мне, смотри!

Тут я вспомнила, что мне же надо болеть не за *моих*, а за *наших*. (А подлая мыслишка проскочила, что *мои* и без меня справятся.)

Опять *мой*, такой неугомонный, уже без помощи кота отдает мяч *моему*, и мяч летит выше ворот. Ну так это же потому, что я болею за *наших*. Хотя стала страшно волноваться за *моих*.

Сижу, и душа не на месте — разрываюсь!

Наши приуныли чего-то, *мои*, наоборот, оживились, бегают такие ладненькие, проворные, и один из *моих*, как в средневековом поклоне, — бумс! — эх, недоглядела, а у *наших*-то оказались ворота совсем пустые — го-о-о-ол!!! Два — ноль в пользу *моих*! Хе-хе!!! — потирали мы с котом лапы.

— Ты чем там занимаешься?! — опять зазвонил телефон.

— Футбол смотрю...

— Ты хоть переживаешь?!

— Еще как переживаю! А ты меня не отвлекай! Пока я тут с тобой разговариваю, *нашему* в белом врезали мячом по кумполу!

Наш — шлеп! — и прилег. Лежал-лежал неподвижно... Ох, думаю, сейчас телефон звонить будет опять! Тренер в очках что-то дико заорал, руками замахал, мол, вставай и иди! Вставай и иди! И знаете что? Наш медленно встал и пошел, прямо как Лазарь какой-то совсем. Правда, очень изгваздался, пока валялся! И кофточку испачкал, и шортики, и носки! Я говорила, говорила... Тоже мне, вырядились в белое! Теперь бегают замурзанные, никакого победного и гордого вида...

Пока я возмущалась, судья этот полосатый пальчиком помахал *нашему*, вытащил из карманчика и показал ему какую-то бумажку желтого цвета. Может, номер телефона... Или визитка доктора... Не знаю. Но этот *наш* футболист был страшно недоволен, очень был огорчен почему-то. Может, дорого ему было к этому доктору, что ли... Нет, ну этот судья, ну как ему не стыдно?! Мальчик, видимо, издалека, потому что негр. Без мамы, без папы... Холодно ему опять же... Никакой жалости. И пока я сочувствовала одинокому динамовскому африканцу, *наш* забивает гол *моим* аккурат под перекладинку. Нет, ну это вообще!

Мои, конечно, забегали, засуетились, мяч отбирают, и что? И ничего! Мы с котом прямо извелись оба, но наконец на сороковой минуте опять с подачи *моего*, который уже вначале бил, когда я еще про водку подумала, *мой* еще один забивает гол головой. Ф-фу-у-у... Этот вот парень, который все время мячик катит, чтоб его потом забить, ну он такой силач! Умеет подавать. Прямо как моя бабушка. Она и готовить умела вкусно как никто, но уж подавала, так подавала!!! Прямо как *мой* вот этот! Я даже имя запомнила этого казака — Гиггз!

В перерыве мы с котом пили успокоительные капли и выслушивали упреки по телефону.

Во втором тайме мы с *моими* подустали. Да и *наши* совсем увяли. Лупят по штангам, падают и почему-то только в тех местах, которые такими белыми полосочками обрисованы, кривятся и стонут — хотят, чтоб их полосатый пожалел, а других чтоб наказал. Нет, ну разве не детский сад? Мяч руками хватают. Что, можно?! Нельзя! Я уже грамотная, я сколько футбольным талисманом у нас в семье — я уж знаю, что в футболе нельзя мяч руками! Как почему? Да потому что он грязный же!!!

После того, как *мой* опять забил *нашим*, я отключила телефон. Что мне выслушивать, когда уже четыре — один. Я, конечно, для очистки совести еще поволновалась за *наших*, и тогда *наш* отправил мяч в угол *моих* ворот. Ну и все. Повозились немного, побегали туда-сюда, и раздался финальный свисток.

Мои выиграли у *наших*: четыре — два.

Ой, что я выслушала!!!

Конечно, все вокруг были уверены, что это я во всем виновата, что, если бы не путалась в своем выборе, как обезьяна в парламенте, матч прошел бы лучше. А то футболисты сами не знали, что делали.

А я им ответила, что, если будут грубить, я больше никогда не буду футбол смотреть. Лучше пойду кота покормлю, похудел от волнения, маленький мой…

— Кис-кис-кис! Зида-а-ан! Кис-кис! Кушай, Зидан, кушай, Зиданчик дорогой, кушай, киса…

КОФЕ ПО-ВЕНСКИ

В нашем дворе в Черновцах во времена моего детства жил исключительной красоты человек, дворник по профессии, философ по призванию, восьмидесятилетний аристократ с метлой по фамилии Гельмер, по национальности немец. Гельмер знал пять языков и немножко латынь, правда, частенько удалялся в запои и тогда разговаривал сразу на всех известных и неизвестных ему языках. А пять языков — в Черновцах это была норма: не-

мецкий, идиш, румынский, украинский, поль-
ский... Вот немножко латынь — это уже было
где-то образование. Хотя и это никого тогда
бы не удивило. Это у нас в Черновцах назы-
валось «знать грамоту».

Дядя Гарри Гельмер, наш дворник, рассказывал как-то, сидя во дворе в теплых летних
мягких сумерках, как его отец, Яков Гельмер,
управляющий Черновицкой пуговичной фабрики, частенько ездил в Вену. По делам. Или
отдохнуть. Вообще в те времена, когда Черновцы, тогда Черновицы, еще были Австрией,
портреты короля Франца-Иосифа висели в
каждой витрине, и бравые революционные
матросы курили свои папиросы в другом месте, далеко от нашего миниатюрного, изящно-
го, элегантного города, было модно ездить в
Вену. А самым романтичным обычаем в тог-
дашних Черновицах был обычай вывозить
в Вену своих невест. На кофе.

Вот об этом подробнее.

Вот, например, Бено Гельмер, молодой
управляющий пуговичной фабрикой, щеголе-
ватый молодой человек, немного чудакова-
тый, немного застенчивый, добрый, веселый
умный и любопытный, знакомится на ежегод-
ном балу Банковского союза с милой девушкой по имени Стефания, хорошо воспитанной,
образованной — гимназия, языки, фортепья-
но, манеры... Из семьи доктора Брахвита,

черновицкого светилы. Как знакомится? Ну, конечно, не «Как-тебя-зовут-крошка?» или «Назови-свое-имя-детка». Не-ет... Молодого Гельмера и девушку-из-приличной-семьи Стефанию Брахвит *представили* друг другу. Представили! И это уже давно было запланировано — *представить* этих милых молодых людей друг другу. Как это было тогда принято. Что вы?! Это же не в метро знакомиться или, того хуже, на пляже. Фи! Этим в Черновицах занималась мадам Замзон! Сама мадам Замзон вела картотеку состоятельных невест и женихов и перетасовывала карты их судеб, тщательно сверяя и сопоставляя. И никто никогда не жаловался. У мадам Замзон был наметанный глаз и хорошие манеры.

Конечно, для Стефании мадам Замзон завела целую папку: два поляка-студента, один немец, один австриец из палаты адвокатов и еще один прекрасный юноша — вы правильно подумали кто. Этот прекрасный юноша — который вы правильно подумали — и был Бено Гельмер. На нем-то и остановил свой выбор доктор Брахвит.

Ну, потом, после бала, на котором молодые люди влюбились друг в друга, как и предполагала мадам Замзон, приблизительно через месяц душевного томления молодой Гельмер приглашает Стефанию в концертный зал музыкального товарищества на выступление Черновицкого мещанского хора. Он пишет письмо, где просит родителей Стефании разрешения пригласить их дочь Стефанию на концерт... Родители Стефании долго обсуждают на семейном совете, да или нет, тянут с ответом и наконец пишут, что ну ладно, они не возражают... Гельмер пишет, что будет счастлив заехать за девушкой в такой-то день, на закате, когда часы на городской ратуше пробьют... Родители Стефании опять собирают семейный совет — так да или все-таки нет — и пишут, что... Кошмар, короче. Почтальоны и нарочные с ног сбиваются доставить письма к сроку, носятся туда-сюда, загоняют коней и велосипеды... Стефания выезжает в сопровождении мамы, бабушки, хныкающего десятилетнего младшего брата Яшеньки, которому скучно и тесно в новом сюртуке, и старшей бабушкиной сестры тети Эрны, которой тоже очень интересно. Сопровождающие зорко следят. Тетя Эрна громко переспрашивает — она глуховата. Молодые люди пожимают руки при встрече и прощании. Ах!

Потом, еще через две недели ежедневной переписки, — театр, в который является та же бдительная компания в шляпках со скулящим ребенком и тетей Эрной с перевязанной щекой, потому что у нее болит зуб. Но она не могла пропустить.

Дальше следует приглашение в песенное товарищество «Буковинский баян» и, наконец, легкомысленный, на бабушкин взгляд, поход в кондитерскую и прогулка по улице Херенгассе, ныне улица Ольги Кобылянской, где, отстав на некотором расстоянии, за влюбленной парочкой постыло бредут мама, бабушка, ноющий Яшенька, объевшийся в кондитерской мороженого, и прихрамывающая тетя Эрна, страдающая подагрой легкой формы.

И наконец, Гельмер делает предложение. Уф! Все уже устали. Гельмер устал. Ему очень нравится Стефания. И потом, сколько можно терпеть эти шляпки за своей спиной и громкий шепот бабушкиной сестры тети Эрны. И надо торопиться: завязывается интрига — инженер по фамилии Рояль, сын архитектора Рояля, тоже делает Стефании предложение. Каков нахал! И это минуя... мадам Замзон! Какая распущенность! И это не выдержав даже испытания капризным Яшенькой, женской половиной семьи Брахвитов и букетом недугов тети Эрны.

Оба, и Гельмер, и Рояль, наконец приглашают Стефанию в Вену на кофе. Все. Оба молодых человека в приемный у Брахвитов день наряжаются и с роскошными букетами цветов едут к любимой девушке с предложением. Но Рояль берет балагулу, черновицкого извозчика, его лошадь плетется кое-как, а Гельмер едет на своей пролетке. Гельмер приезжает первым! Выбор за Стефанией Брахвит. Черновицы умолкли и ждут.

Вот! Тут я должна прерваться и сделать очень важное отступление. Какой это прекрасный был обычай в нашем городе — после помолвки достойные женихи вывозили своих невест в Вену на кофе. Что! Это совсем не то, что вы думаете! Как можно?! Что вы! Молодой человек берет определенные обязательства и ответственность, заказывает для девушки место в вагоне люкс, сам едет в *другом* вагоне. Постоянно бегает проверять, удобно ли девушке в ее купе, открывает ей окошко, закрывает ей окошко, носит сельтерскую или что-то там еще и ограничивается улыбками, нежными взглядами и пожиманием руки. Прибыв в Вену, молодые люди действительно едут в кофейню, заказывают кофе. К кофе им подают венский штрудель, холодную воду в красивом высоком стакане и моцартинки, конфеты, сделанные вручную, специально заказанные к этому дню и привезенные из Зальцбурга в кружевных коробочках. Влюбленные наслаждаются кофе и слушают музыку, которая в Вене звучит везде.

И все! А вы что подумали?!

После кофейни влюбленные возвращаются на вокзал, садятся в разные вагоны поезда Вена — Черновицы и едут домой. Но! Всему городу понятно, что договор между семьями закреплен и осенью девушка выходит замуж.

Замуж? Она? Нет, не может быть!

Может! Ее уже возили в Вену на кофе!

Что вы говорите? А-а-ах! Уже возили... Ну... Раз уже возили в Вену на кофе...

Вот было время...

К чему я все это веду? К тому, что я в своей цветущей юности была совсем не хуже, чем Стефания Брахвит. Именно тогда, когда слушала этот рассказ от нашего старого дворника, Гарри Гельмера, знавшего пять языков и немножко латынь. Мне так хотелось ходить в башмачках, а не в шкарах. Выезжать на балы, а не бегать на танцы. Принимать приглашение на утреннюю прогулку, а не прошвырнуться вечерком. Все это было практически неосуществимо, потому что я очень опоздала и оказалась в своем веке человеком случайным...

О ЧЕМ ДЕВА ПЛАЧЕТ

Однажды в молодости (ранней) мне надо было срочно замуж. Нет — не потому, почему вы подумали. Хотя тогда я уже была готова хранить верность и воспитывать детей. Но сначала очень хотелось в Великобританию.

И если б была я замужем, тогда меня бы выпустили беспрепятственно. Если нет — тогда это вопрос. Даже три. Зачем я туда еду? Чем я там буду заниматься? Вернусь ли обратно? Такие вопросы часто задавали насупленные ехидные дяди во времена моей молодости (ранней).

Претендентов на мою руку было много, но ведь хотелось же, чтобы навсегда, и по любви, и не прогадать... И снится мне как-то ночью упоительный сон. Будто плыву я по морю, а навстречу мне плывет заяц. Ну как в кино: такой целеустремленный, суровый, нелепый заяц, уши висят по бокам унылого лица. Энергично шлепает по воде, подгребает одной передней лапой и отфыркивается. А в другой лапе держит, высоко приподняв над водой, счеты — старые бухгалтерские счеты с деревянными костяшками.

— А зачем тебе счеты? — поинтересовалась я.

— Не «тебе», а «вам»... — огрызнулся заяц, продолжая шлепать по воде.

— Вам... А вас много? — завертела я головой, надеясь увидеть стаю умалишенных зайцев с бухгалтерскими счетами в лапах.

Заяц закатил свои косые глаза и прошипел:

— Где ты воспитывалась? К незнакомым людям надо обращаться на «вы»!

— А зачем вам счеты? — осторожно переспросила я, проигнорировав воспитательный момент и то, что зайца этого с натяжкой можно было назвать «люди».

— Счеты? Хм! — презрительно хмыкнул заяц. — Чтобы считать! — отрезал он и зафыркал еще энергичнее.

Мы продолжали плыть рядом, в одном направлении, и было как-то неловко молчать. Тем более я заскучала: все же это был мой сон, и значит, я виновата в том, что он скучный.

— Э-э... А... — только заикнулась я.

— Можешь не утруждать себя светской беседой. Ты все равно ничего умного не скажешь! — оборвал меня заяц и поплыл еще быстрее, ловко перебирая свободными от счетов тремя лапами.

Плыву я рядом с этим высокомерным зайцем и думаю, какой странный мне снится сон... К чему бы это? Тем временем заяц ловким движением швыряет счеты на берег, гневно на меня взглянув, разворачивается и, фыркая и сплевывая, удаляется в открытое море.

Выплываю на берег в полном недоумении, а на берегу стоит... Фрейд, Зигмунд, в ленинском каноническом жилете. Стоит, перебирает костяшки на счетах. Ну, думаю, как кстати! И рассказываю ему, что снился мне только что заяц со счетами, грубиян, и с ушами. А Фрейд мне с ходу:

— Это к замужеству. Но ты, майне либе, — говорит Фрейд, — должна сама узнать своего суженого. На нем будут усы и футболка с надписью, предположительно на английском языке. Так что давай — просыпайся и включай поиск. Даю три шанса. А я рядом буду. Незримо. Если что.

Фрейд ловко изогнулся и, пританцовывая, пошел по берегу моря, напевая: «О чем дева пла-ачет, о че-ом слезы льет...»

Наутро я встретила Павлика. («Айн», — тихонько прошептал Фрейд мне в ухо и перекинул слева направо костяшку счетов.) Толстого румяного Павлика в усах и футболке, на которой был нарисован портрет большой жареной курицы в натуральную величину. Над курицыной грудкой ароматным дымком вилась надпись на английском языке: «Eat more» — «Ешь больше».

Присмотрелась: он — не он... Приуныла. Что-то не гляделся мне этот сытый Павлик. Дальше — больше. Павлик оказался квартирным маклером. И кроме усов, у него были еще борода и портфель. Хм... Зачем квартирному маклеру портфель? Что он в этом подозрительном портфеле носит? Ужас!

Павлик, как выяснилось, оказался не просто маклером. Это был маклер-гроссмейстер.

Он ухитрялся сдавать под жилье продуваемые ветрами беседки зимой и воздушные замки летом. И потом: я не успевала ему готовить, потому что он ел с перерывами в два часа, как недоношенный младенец. И так же орал, когда был голоден. А голоден он был всегда. Я прекрасно понимала, что это не те усы. И не та майка. Фрейд, засевший в моем подсознании, пожал плечами и засомневался: «Ты права, майне либе, вряд ли... Вычеркивай. Пойдем дальше». И я сначала покормила, а потом облегченно вычеркнула Павлика. И пошла дальше.

Через некоторое время я встретила фотографа из Сухуми. («Цвай», — продолжил Фрейд, и щелкнула вторая костяшка счетов.) Фотографа с обезьянкой на плече. Обезьянкой в шляпе и в юбочке. Нет, сначала я услышала: «Дзеушкэ-э!» — оглянулась и увидела широченные мужские плечи. С женской грудью, нарисованной на майке. Под роскошным бюстом горела надпись на английском: «Хочешь?»

— Дзеушкэ-э! Пойдем хванчкару выпивать, еду кушать, сплетни про артистов сплетничать, э-э? — лениво-дежурно предложил фотограф.

— А жениться? — поинтересовалась я.

— Кэк? По-настоящему?! — удивился фотограф.

— По-настоящему. Я удочерю твою обезьянку! — предложила я.

— Это малчик! — честно признался фотограф.

— Усыновлю, — решилась я.

— Думать буду, — с уважением пообещал потрясенный фотограф. По-видимому, ему еще никто таких смелых предложений не делал. — Завтра на пляж приходи. Всю правду скажу.

«Найн, никуда не ходи, — покачал головой Фрейд из моего сна, — найн. Он вообще не грузин. Он цыган! Вот продаст тебя в табор цыганскому барону, тогда вообще никакой Англии не увидишь. И будешь ты работать нищей многодетной кормящей погорелицей, отставшей от поезда. Вычеркиваем! Вычеркиваем!»

Вычеркнула.

У следующего, Вовика, на майке была Декларация независимости США мелким шрифтом. Вся.

— Вовик, разведчик-резидент! — скромно представился Вовик.

— А жениться? — потеряв всякую совесть, в лоб спросила я.

У меня оставалось мало времени.

— Можно! — к моему удивлению, мягко согласился Вовик. — Только у меня на первом месте моя секретная работа. Поняла?

Я понятливо кивнула.

— Встречаться будем раз в три года... — продолжал Вовик. — Взглядами! — уточнил он. — В кафе «Элефант». Согласна?

Ох, как меня это устраивало! И готовить ему не надо, и в табор не продадут, и с глаз долой, а главное — то, что в Британию меня отпустят беспрепятственно!

«Ты с ума сошла? — поинтересовался Фрейд из глубины души. — Он же двойной агент! С диагнозом! А провалится? Вот не выдержит — и, такой мягкий, интеллигентный, украдет в ресторане «Элефант» серебряную ложку! Уронит при выходе, испугается и вскрикнет «Ой, мама!» по-русски! И все раскроется! И посыплются явки, пароли, адреса, агентура... И оно тебе надо? — доверительно и тепло спросил Зигмунд Фрейд. — Вычеркивай этого хранителя военной тайны! Мальчиша-Кибальчиша! Вы-чер-ки-вай!»

Фрейд сотворил виртуозное танцевальное коленце, легким движением перегнал третью костяшку счетов: драй! — и пошел по берегу моря, печально напевая «О чем дева плачет...». На прощанье он оглянулся и крикнул: «Слушай, и зачем тебе этот замуж, а?»

И исчез.

И я подумала: действительно, зачем? Тем более времена как-то быстро сменились, и меня выпустили в Британию незамужней.

Но до сих пор я брожу по планете и нет-нет да и заглядываю в глаза мужчинам с усами и надписями на футболках. «Да-а... Это материал для Фрейда», — говорят мои знакомые.

«Дура ты, майне либе! — сказал бы Фрейд. — Усы-то можно и отрастить, майку — купить. Надпись написать. О че-ом дева плачет? О чем слезы льет?»

КОГДА ТРУБАЧ ОТБОЙ СЫГРАЕТ

Женик должен был приехать в июне. Из Америки. На пару дней, из Киева, куда он прилетает по делам. Женик стал в Америке большим человеком — проповедником в какой-то конфессии. Никто не верил. Наш косноязычный троечник Женик, который по-английски знал только «Stand up and go out!», убеждает теперь множество англоязычного народу в преимуществе праведной жизни во спасение души.

Мы все — его старые друзья и одноклассники — стали готовиться. Сделали ремонты в квартирах и парадных. Вымыли окна и заставили соседей. Чтоб было не стыдно за прожитые без Женика годы. Мишка Постельник совершил вообще невероятную вещь. Поскольку Женик должен был остановиться у меня, Мишка пригнал на мою улицу асфальтоукладчик и четверых почти трезвых рабочих из доротдела. И они уложили на нашей улице новый асфальт.

В воскресенье, в день приезда Женика, в четыре утра мы все отправились в аэропорт. Рейс задерживали по причине тумана. Но мы ждали. Мы даже не стали выпивать. Хотя у нас с собой было. Не стали. Наверное, из суеверия. Хотя мысль такая приходила в голову каждому и назойливо вертелась. Но высказать ее вслух никто не посмел. Перебивая друг друга, мы вспоминали события из нашей общей с Женькой жизни. Как весел он был, рассеян и беспечен, обаятелен и щедр.

Счастливы мы были в то утро. И чувствовали себя молодыми, потому что в кои веки собрались все вместе встречать нашего друга, нашего старого друга Женьку Титаренко. Из Америки.

Мы трезво дождались самолета, и наконец Женик вышел, полысевший, раздобревший, величественный. Но мы сразу его узнали! Женька! Женька!

Его кислое недовольное лицо красноречиво свидетельствовало, что это не лучший день в его жизни. Вяло отвечая на наши объятия, Женик ворчал, какой отвратительный аэропорт в Киеве. А в Черновцах еще хуже. Какая мерзкая погода здесь у нас. «У вас», —

сказал он. Какая противная стюардесса была в самолете. И что летчик управлял самолетом, как будто вчера окончил авиационный институт и летал до этого дня только на тренажерах. И что все мы постарели. И плохо выглядим. И у Мишки, судя по мешкам под глазами, явно почки. И что Аркашка много курит, а Юрик — мент поганый и таким остался. А мне надо бы сбросить килограммов пять. И что Лариска уже седая. И всю дорогу Женик говорил, как ему хорошо там и как ему сейчас плохо здесь. «И называйте меня не Женик, а Джеймс. Я так привык».

Мы подумали: ничего, он сейчас отдохнет, расслабится, выпьет, и мы получим нашего старого Женьку, душу компании, хохмача и балагура. Ничего. Подъезжая к дому, Женик снисходительно похвалил дорогу, организованную Мишкой, и поощрительно сфотографировал нас всех на фоне отремонтированного дома.

Ну, вы знаете, как мы можем принять. Как мама учила. Что уже мы метали на стол — так мой дедушка-гурман радовался, наверное, на небесах. Женик, то бишь Джеймс, вышел к столу из ванной еще мрачнее, чем был. Он поругал слишком жесткую воду и сообщил, что пользуется он мылом и шампунем только фирмы «Клиник». И ничем больше. А у меня в ванной «Клиник» он не нашел.

Сели за стол. Ну! Вот тут наших мальчишек, проголодавшихся, стоически выдержавших искушение в аэропорту, постигло следующее испытание. Джеймс сложил свои пухлые белые ухоженные лапки под подбородком и принялся молиться. Сказал, что без этого к трапезе приступить не может. Молился долго, громко, надрывно, подробно, скорбно и с укоризной поглядывал на нас. Он перечислил всех своих родственников, родственников жены, поблагодарил небо за удачный перелет и за новый галстук, купленный в «Дьюти фри» со скидкой. И за эти ничтожные крохи, которые ему ниспосланы на вот этом вот столе.

— Женик! Ты сдурел, Женик? Ты сдурел? — это не выдержал Аркаша. — Какие крохи?! Чего тебе еще надо? Посмотри на этот стол — это же беспредел, Женик!

— Джеймс!

— Джеймс!!!

— А что тут кушать? — вяло поинтересовался Женик. — Я это не ем. И это не ем. И это мне нельзя. И не пью...

За завтраком Женик ковырялся в тарелке, вздыхал и вслух тосковал по оставленной ненадолго родине Америке и по американской еде, нещадно ругая Черновцы, дороги, воздух и приготовленную для него еду.

Мы все растерялись. Женику на самом деле было плохо. Он чуть не плакал. И мы страдали оттого, что никак не могли ему угодить.

— Женечка! — предложила наша добрая Лариска. — А давай, Женечка...

— Джеймс.

— То есть Джеймс, может быть, поедем к озеру? На природу?

Женик грустно кивнул. Он согласился. И зря. Да, мы все помнили, как Женька организовал игру в индейцев на маленьком островке на Пруте и как вечером все поспешили домой. А Женька убеждал всех остаться и грязно ругался: «Трусливые бледнолицые собаки!» И сам ночевал в рощице, в шалаше. И ничего. Но ведь это было тогда... А сейчас у него обнаружилась аллергия на укусы комаров. Наш Джеймс опух и скис еще больше. Все, Женечка, все. Решили ехать на дачу к Юрке-менту. Там прохладно, Женик отоспится, отдохнет. А мы тем временем разработаем план действий. И уже, наконец, выпьем.

По дороге на дачу Женика укачало. Он позеленел и закатил глаза. Мы сле довезли его. Потому что у него оказалась еще одна аллергия. На придорожную пыль. Он расчихался и облился слезами.

На Юркиной даче действительно было прохладно и уютно. Гостю отвели самую дальнюю комнату. Он выпил какую-то таблеточку и прилег. А мы чудно разместились на веранде, но не успели накрыть на стол, как вдруг из своего убежища выскочил Женик. Выпучив глаза, сонный и взлохмаченный, он тыкал пальцем туда, откуда сбежал, и лепетал:

— Там... там... там!.. Муха!!!

Муха, напавшая на Женика, была обычной мелкой беспородной мухой. Но мы все набросились на нее, как подразделение американских морских пехотинцев на Бен Ладена. Муха благодаря нашим слаженным действиям была уничтожена. В отличие от Бен Ладена. И на цыпочках мы убрались на веранду. Спи, Женечка!

— Дже-еймс...

— Джеймс, Джеймс. Спи, отдыхай...

Пока измученный Женик дремал, мы советовались, куда бы его повезти, чтоб не провоцировать его букет аллергий, чтоб ему понравилось, чтоб всем весело, чтоб не было комаров и мух.

— В горы, — предложил умный Аркаша, — мух и комаров нет в горах. В горы!

И, растормошив Женика, тремя машинами мы двинули в Карпаты.

— Друга в горы тяни, рискни... — орали мы по дороге.

Женик грустно вздыхал, был отрешен и печален. Ничего, ничего, Джеймс, ты сейчас

увидишь такую красоту! Такую, Джеймс, что
сразу станешь Жеником!

Аркадий знал свое дело. Мы приехали в
маленькое горное село под Косовом, к дядь-
ке Васылю, который держал колыбу — такую деревянную гуцульскую хату, в центре
которой в специальном очаге пылал огонь,
на огне жарилось свежее мясо, а Маричка,
невестка дядьки Васыля, бегала в постолах
меж срубленных навеки столов и подавала
домашнее вино.

Хозяин крепко обнял Аркадия, мы ввели
бледного, ноющего Женика и удобно расселись на крытых домоткаными веретками лав-
ках. Аркадий пошептался с хозяевами, и дядько Васыль подсел за наш стол. Приобняв
Женика огромной рукой бывшего плотогона,
дядько Васыль сочувственно запричитал:

— Йой, яка людына хвора! Трэба лику-
ваты...

Женик опасливо блестел глазами и монотонно твердил:

— Я не пью, не пью. Я не пью...

А Васыль — мол, йой, та ж нэ даю тоби
пыты, даю ликуватыся. И крикнул Маричке:

— Дытыно, прынэсы мэни джинжеры з ко-
моры.

Улыбчивая Маричка бегом притащила стеклянную банку, где в темно-зеленой жидкости
плавал какой-то невзрачный корешок.

— От, дывысь, — еще теснее обняв ослабевшего Женика, предложил дядько Васыль, — от бачишь коринь?

— Да! — чуть не плача, кивнул Женик.

— Бачишь — вин як людына: от голова, руки, ногы... От выпьешь циеи воды живои, тилькы крапэльку — будэшь литаты як птах, выпьешь дви крапэльки — будэшь сыльный як вэдмидь, а третий раз выпьешь — будэшь крэпкий як гуцул! И николы нэ забудэшь дядька Васыля!

Дядько Васыль был так убедителен, так уверенно и спокойно он обещал недоверчивому Женику избавление от всех болезней, что Женик решился попробовать. Но никто не сказал Женику-Джеймсу, что корень жизни — джинжер — настоян на самом что ни на есть девяностошестиградусном спирту. Женик выпил глоток, и глаз его заблестел, румянец окрасил щеки. Женик выпил еще глоток, ругнулся, схватил гитару и запел песню нашего класса: «Надежда, я вернусь тогда, когда трубач отбой сыграет...» Женька выпил третий глоток, глубоко вздохнул и сдержанно, чтобы не расплескать радость, тихо, но отчетливо произнес:

— Гу-ля-ем!

— Женька!!! — завопили мы разом. — Женька!!! Он вернулся!!!

Мы выскочили на воздух, к реке, мы любовались маленькими водопадами и порожками. Мы слушали птиц и пели тихонько сами. А вечером разожгли костер и говорили, говорили, говорили...

Женик, уже не возражавший, что его зовут Женька, а не Джеймс, ругал Америку и тосковал по нашей радостной бесшабашной юности. «А помните? А помните? А помните?» Уставший, захмелевший, вдобавок смешавший спирт с утренними таблетками, Женька увалился спать в одной из машин, махнув нам:

— Гуляйте, ребята!

С первыми звездами мы попрощались с дядьком Василем и засобирались домой.

По дороге посигналил Юрка-мент, он заворачивал в дачный поселок, к себе на дачу. Потом отстала и вторая машина, с Лариской и ее мужем. Когда мы приехали домой, было уже совсем темно.

— Женька, вставай! Приехали, — осторожно позвал Аркадий.

— Женечка! — обернулась я назад, чтобы разбудить Женьку. Обернулась — и ахнула. Женьки на заднем сиденье не было. — Где Женька?! — запаниковала я. — Женька где? Ему же завтра лететь в Киев!

Аркаша задумался: Женька пошел спать в какую машину? Нашу? Юркину или к Лариске?

— Не помню. По-моему, в нашу. Или в Ларискину. Или в Юркину.

Мы ввалились в дом и кинулись к телефону. Лариска сорвала трубку сразу, как будто ждала. И я сначала подумала, что, наверно, Женька у нее. Но Женьки в ее машине не было. Она даже заглянула в багажник. Юркин мобильник отвечал женским голосом по-английски: мол, хозяин не может сейчас подойти. Потом.

Мы, конечно, устали, были голодны и очень хотели спать, но вернулись к машине и поехали в дачный поселок к Юрке-менту. По дороге к нам примкнула Ларискина машина. Что значит друзья! В беде не бросят. Аркаша ворчал, что если мы забыли Женика у дядька Василя, на берегу Черемоша, то туда ночью даже волки приходят. И дикие кабаны. Аркаша — он молодец, умеет утешить, успокоить.

Долго мы стучали в Юркину калитку, сигналили, перебудили весь дачный поселок. Наконец Юрка нам открыл. По его недоуменной сонной физиономии мы поняли: Женика у него нет.

Ни на что не надеясь, мы все, вооружившись фонариками, двинулись в Юркин гараж за домом. В гараже бродило привидение. Привидение в отчаянии вскидывало руки вверх, стонало и спрашивало гаражную крышу по-английски:

— What's up? Where am I? (Что происходит? Где я?)

— Женик... — робко и виновато позвала я. — Женик... Поедем домой. Мы тебя забыли...

— Вы меня напоили! Вы меня совратили! Вы меня бросили!!! В аэропорт!!! Домой!!! В аэропорт!!! — рыдало привидение. — За вещами и домой!!!

Нам не удалось уговорить его остаться. Он даже не согласился поесть и взять с собой сладостей на дорожку. Мы стояли в аэропорту, когда Женька помчался на паспортный контроль. И знаете: он даже не оглянулся. А Юрка-мент сказал, что вот, мол, как будто мы и не уходили отсюда с четырех утра. Как будто все еще встречаем нашего Женьку.

— Бедный Женька. Бедный мальчик... — это вздохнула, конечно, Лариска. Она у нас добрая.

— Да, — согласилась я, — бедный мальчик.

— Какой мальчик? — закуривая, поинтересовался Аркадий.

— Какой мальчик? — мрачно спросил Юрка.

А был ли мальчик? Был ли мальчик-то?

Курочка Ряба

и другие

ЗЕЛЬМАН, ТАПОЧКИ!

Уезжал Шамис. Сказал — приходите, возьмите, что надо.

Народ потянулся. Прощаться и брать.

Горевоцкие тоже пошли. Оказалось — поздно! На полу в пустой гостиной валялась только стопка нот «Песни советской эстрады», а на подоконнике стояла клетка с попугаем. Горевоцкая, тайная жадина, стала голосить — да зачем же вы уезжаете, кидаться на грудь Шамису, косясь — а вдруг где-нибудь что-нибудь. Шамис, растроганный показательным выступлением Горевоцкой, говорит: что ж вы так поздно, вот посуда была, слоники, правда пять штук, книги, кримплены. А Горевоцкий шаркает ножкой: да что вы, мы так, задаром пришли. После горячих прощаний Горевоцкая уволокла ноты и попугая. Не идти же назад с пустыми руками.

Попугая жако звали Зеленый. Зеленый был серый, пыльный, кое-где битый молью, прожорливый и сварливый. На вопрос, сколько ему лет, Шамис заверил, что Зеленый помнит все волны эмиграции. Даже белую, в двадцатые годы.

Первый день у Горевоцких Зеленый тосковал. Сидел нахохленный, злой. Много ел. Во время еды чавкал, икал и плевался шелухой. Бранился по-птичьи, бегал туда-сюда по клетке и громко топал.

На следующее утро стал звонить. Как телефон и дверной звонок. Да так ловко, что Горевоцкая запарилась бегать то к телефону, то к двери.

Еще через сутки попугай прокричал первые слова:

— Зельман! Тапочки! Надень тапочки, сво-о-лочь!

— Значит, он и у Зельмана жил!.. — заключила Горевоцкая.

Зельман Брониславович Грес был известным в Черновцах квартирным маклером.

Последующие пять дней Зеленый с утра до вечера бормотал схемы и формулы квартирных обменов, добавляя время от времени: «Вам как себе», «Побойтеся бога!», «Моим врагам!» и «Имейте состраданию». Тихое это бормотание внезапно прерывалось истеричным ором:

— Зельман! Тапочки! Надень тапочки, сволочь!

Через неделю в плешивой башке попугая отслоился еще один временной пласт, и Зеленый зажужжал, как бормашина, одновременно противно и гнусаво напевая:

> Она казалась розовой пуши-ны-кой
> В оригинальной шубке из песца...

— Заславский! Дантист! — радостно определила Горевоцкая. — Я в молодости у него лечилась, — хвастливо добавила она и мечтательно потянулась.

Зеленый перестал есть и застыл с куском яблока в лапе. Он уставился на Горевоцкую поганым глазом и тем же гнусавым голосом медленно и елейно протянул:

— Хор-роша! Ох как хор-роша!

Горевоцкий тоже посмотрел на жену. Плохо посмотрел. С подозрением.

— Может, он тебя узнал?!

— Да ты что?! — возмутилась Горевоцкая. — Побойся бога!

— Имейте состраданию! — деловито заявил Зеленый и, громко тюкая клювом, принялся за еду.

Ночью он возился, чесался, медовым голосом говорил пошлости и легкомысленно хохотал разными женскими голосами.

— Бордель! — идентифицировал Горевоцкий, злорадно глядя на жену. — Значит, ты не одна у него лечилась!

От греха попугая решили отдать в другие руки. Недорого. Зеленый в ожидании участи продолжал напевать голосом дантиста, внимательно следя за Горевоцкой из-за прутьев клетки:

Моя снежи-ны-ка!
Моя пуши-ны-ка!
Моя царыца!
Царыца грез!

Вечером пришла покупательница — большая любительница домашних животных. Зеленый пристально взглянул на потенциальную хозяйку, отвернул голову и скептически изрек:

— Ничего особенного! Первый рост, шестидесятый размер!

— Это я — первый рост?! — возмутилась покупательница и, обиженно шваркнув дверью, ушла.

— Магазин готового платья? — предположил Горевоцкий. И тут же засомневался: — Хотя... попугай в магазине...

— А может, Фима Школьник? Он немножко шил... — покраснела Горевоцкая и опустила ресницы.

— Школьник? — подозрительно переспросил Горевоцкий.

Зеленый четко среагировал на ключевое слово «школьник» и завопил:

— Товарищ председатель совета дружины! Отря-ад имени Павлика Морозова, живущий и работающий под девизом...

— Живой уголок. В сто первой школе, — хором заключили Горевоцкие.

А Зеленый секунду передохнул и заверещал:

— Зельман! Тапочки! Сво-о-лочь!

По городу разнеслась весть, что попугай Горевоцких разговорился и раскрывает секреты прошлого, разоблачает пороки прежних хозяев и при этом матерится голосом бывшего директора сто первой школы.

Из Израиля, Штатов, Австралии, Венесуэлы полетели срочные телеграммы: «Не верьте попугаю! Он все врет!»

Горевоцкие завели себе толстый блокнот, забросили телевизор, каждый вечер садились у клетки с попугаем и записывали компромат на бывших владельцев птицы.

«Морковские, — писал Горевоцкий, — таскали мясо с птицекомбината в ведрах для мусора».

«Реус с любовницей Лидой гнали самогон из батареи центрального отопления».

«Старуха Валентина Грубах, член партии с 1924 года, тайно по ночам принимала клиентов и торговала собой».

«Жеребковский оказался полицаем и предателем, а жена его заложила».

«Сапожник Мостовой, тайный агент НКВД, брал работу на дом и по ночам стучал молотком. Будя соседей».

Однажды Зеленый закашлялся и сказал, знакомо картавя:

— Алес, Наденька! Рэволюция в опасности!

Горевоцкие испуганно переглянулись. А попугай с той поры замолчал. Выговорился.

И только иногда, когда Горевоцкий приходит с работы, попугай устало и грустно произносит:

— Зельман, тапочки! Надень тапочки! — И ласково добавляет: — Сволочь...

НЕЧТО ЧЕЛОВЕЧЕСКОЕ

Эту троицу собак-мушкетеров у нас знают все. Они благородны, справедливы и бесстрашны. Атос, Портос и Шпедегуцер.

Кто собак так назвал, затерялось в истории, но сначала были Атос и Портос. Шпедегуцер примкнул уже позже. Мы все их подкармливаем. Ребята охраняют нашу улицу. В основном от автомобилей-иномарок. Лежат себе в кустах рядом со знаком ограничения скорости «40 км», и если «Москвич», «Лада» или «Таврия» — они и ухом не ведут. Позевывают с подвывом — и все. Но если иномарка — гонят до конца улицы с оглушительным лаем, заглядывают в салон, пугая пассажиров и водителя, кусают колеса.

Но это скорее не служба, а развлечение. Заняты же они целый день, и все расписано у них по минутам.

Утром идут к акации — угощать Шпедегуцера.

Крохотный Шпедегуцер родился нежным пекинесом с трогательным обиженным личиком. Но под влиянием улицы и друзей он сменил имидж, стиль поведения, окреп и приобрел ухватки маленького, но дерзкого льва. Одна слабость у него — орехи. Он так любит орехи и так прыгуч, что друзья серьезно подозревают, что маленьким щенком его подобрали и воспитали белки.

При чем же здесь акация? — спросите вы. А на акации круглый год сидит знакомая ворона, дура невероятная. Откуда-то ворона таскает орехи, на акации их колет и пирует, ни с кем не делясь. Шпедегуцер прыгает — и:

— Гав! Гав! Гав!

Ворона перегибается вниз, смотрит склочным глазом — и:

— Кх-ха-а!

Орех из клюва падает. Ну, как в басне. И каждое утро лакомство Шпедегуцеру обеспечено.

Но однажды, когда Шпедегуцер только подбежал к акации, ворона, не дожидаясь оскорблений, придержала орех лапой, перегнулась вниз — и:

— Гав! Гав! Гав!

— Кха-а-а... — удивленно выдохнул Шпедегуцер и в этот день, не получив ореха, был невесел, задумчив и подавлен.

Что ж, акаций в городе много, и ворон тоже достаточно. Вскоре мушкетеры нашли еще одну любительницу орехов и стали водить своего маленького друга туда.

Днем собаки ходят в музыкальную школу. Это уже ради Атоса. Щенком Атос жил в барабане. Да, в барабане похоронного духового оркестра. И ужасно полюбил музыку. И теперь без музыки просто жить не может. Он садится во дворе музыкальной школы и, заслышав мелодию, начинает петь. Задирает голову, закатывает глаза и самозабвенно выпевает всей своей собачьей душою сложные фиоритуры. Он так красив, он так прекрасен, что даже сама афганская борзая по имени Эсмеральда, принадлежащая городскому судье, в этот момент не в силах отказать ему.

Однажды он даже просочился на сцену актового зала и сорвал академический концерт. Запел вместе с хором мальчиков (кто докажет, что Атос не мальчик?): «Ми-зе-рере, ми-зе-рере-е...» Он эту вещь давно знал, партию альта. Чисто интонировал. (На репетициях ведь под сценой сидел, пока друзья ждали его, мерзли на улице.) Но допеть не дали. Вероятно, потому, что был не в голосе в тот день, не в голосе был. Да.

Ну а ради Портоса ходят в театр. Не часто. Раз в квартал, когда там собирается сессия каких-то депутатов. Собаки поджидают их у парадного подъезда и с безопасного расстояния из-за декоративного кустарника облаивают дерзко и грязно, тем самым выражая презрение к такого рода мероприятиям в храме искусства. А потом обходят все депутатские автомобили на стоянке и подвергают критике существующее положение вещей. Задирая на колеса заднюю ногу.

Конечно, без конфузов не бывает. Но кто из нас безгрешен...

В прошлую пятницу, когда на террасе маленького ресторанчика уже был накрыт стол для гостей, и украшен цветами и свечами, и сверкал на скупом осеннем солнце хрусталь, и тянулись со стороны кухни ароматы горячих блюд, — мушкетеры, уверенно полагая, что стол накрыт именно для них, забрались на стулья и приступили к трапезе.

А что? Разве не охраняли они верой и правдой нашу улицу? Не бодрствовали морозными ночами, чтоб нам спокойно спалось, не гоняли всяких чужаков с этой вот ресторанной террасы? К тому же Шпедегуцеру на днях исполнилось три года. Или восемь. А тот официант с посиневшими губами, который вышел, неся изящно свернутые салфетки, на площадку и сделал ртом сначала как карп, которого поймал Атос летом, а потом как знакомая ворона Шпедегуцера: «Кха-а-а!»... Ну так он новенький, просто не знаком еще с мушкетерами.

Ничего. Мушкетеры — ребята контактные, общительные. Еще познакомятся. И будут радостно мотать ему хвостами и провожать ночью домой после тяжелой смены. И в глазах их он увидит однажды свет истинной верности и любви...

ПЕТУХ
И ГРАЖДАНСКО-ПРАВОВЫЕ
ОТНОШЕНИЯ

Одна говорящая голова по телевизору сообщила, что мы в нашей стране все находимся в гражданско-правовых отношениях. Потом голова долго расшифровывала, что это значит. Из чего я поняла, что могу подать в суд на всякого, кто меня обидит или посягнет.

Я понятливая. Вполне. Но у меня в жизни две беды. Во-первых, я доверчива. А во-вторых, всегда ищу ответы на риторические вопросы.

Для начала — пример из во-первых. Вот взять, допустим, сонник. Там написано: если во сне увидеть идиота — вам предстоит разговор с ученым и мудрым собеседником. И я поверила. Легла спать. Снится мне мой сосед дядя Коля — пьяница, матерщинник, кляузник, анонимщик. Идиот по всем параметрам, симптомам и показаниям. Утром — беседа с ним же. С ученым и мудрым человеком, как сказано в соннике.

Вообще-то дядя Коля, если в состоянии говорить, только риторические вопросы и задает. А я отвечаю. Он задает. А я отвечаю.

Он:

— Да кто ты така-а-а-я?

Я, терпеливо: имя, фамилию, данные паспорта, — говорю, пришла снова на вашего петуха жаловаться.

А он:

— Да что ты о себе возомни-и-ила?

А я так скромно о себе. Но с уважением. Говорю: мол, я отоларинголог. Врач ухо-горло-нос по-вашему. Уберите петуха, говорю. Закройте, зарежьте, в конце концов.

А он:

— Я грынпис, поняла, уха-горла-нос?!

Я киваю. Конечно, поняла. А что тут непонятного. Дядя Коля — гринпис. И петуха своего из-за меня убивать не собирается.

И все бы ничего. Курочки у него такие ладненькие — то ли австрийские, то ли немецкие, — как хризантемы белые. Переступают важно, неторопливо, приседают в реверансах. А вот петух — мерзавец редкостный. Гребень набок скошен. Глаз серийного убийцы. Мотается по двору осатанело, раздает тычки, провоцирует скандалы и интригует. И между прочим, главным своим делом не занимается. Иногда погонится за какой-нибудь из своих фройляйн, но как-то без интереса, больше по причине невнятных задач, поставленных природой, но напрочь им забытых.

Зато моя собственная жизнь с появлением петуха изменилась. Этот убивец на меня охотится. На меня лично. То ли развлекается, то ли интерес какой имеет. Иногда бродит, в траве копается, обдумывает какую-нибудь философскую концепцию. (Сомнительную, судя по выражению его петушьего лица.) А тут выхожу я. Ему на радость. И всем соседям, кто утром на работу не ходит. Убивец встряхивается, вздыхает глубоко, издает боевой клич «А-ха!» — и мчится прямо на меня с клекотом, топая, как пехота на параде. С какими целями он мчится, я не знаю, — он меня пока еще ни разу не догнал. Но стресс этот — каждое утро. И гоняется он только за мной. К мужу, детям, собаке нашей он совершенно равнодушен. А у меня уже невроз. У меня уже бессонница. Я даже от петушиного крика в мультфильмах дергаюсь.

Ну, на счастье, говорящая голова в телевизоре мне сообщила, что мы все находимся в гражданско-правовых отношениях. Вот я и позвонила участковому. Представилась. Говорю, вот такая ситуация, говорю, я врач, говорю, отоларинголог. Ухо-горло-нос по-вашему. Меня петух преследует, проходу не дает. Пристал — сил нет. Петуший хозяин не реагирует. Только вопросы задает и не реагирует. Помогите! А участковый мне:

— Вы чего, женщина?!

То есть вопрос задает риторический.

Я объясняю чего. Думаю, может, он не расслышал. Говорю: я врач-отоларинголог, живу — никого не трогаю, не обижаю, а петух соседский преследует. Невроз.

А участковый опять вопрос. И опять риторический:

— Вы что хулиганите?

— Что значит хулиганю? Ничего я не хулиганю.

Участковый рассердился, мои данные записал и сказал, что со мной разберется и еще покажет, как в милицию звонить и хулиганить. Я хотела ему сказать, что мне не надо показывать, как хулиганить и как звонить в милицию. Меня надо от петуха оградить. Но участковый уже трубку бросил.

Тем временем я каждое утро выхожу под охраной мужа, сына и дочери. Они меня плотным кольцом со двора на работу ведут. А петух вокруг топчется и гневно курлычет. А после работы я во двор сначала заглядываю — есть убивец или нет — и тогда молнией несусь к своим дверям. А он обычно караулит: мчится, догоняет.

Однажды так нервничала, оттого что придется, домой возвращаясь, от петуха удирать, что забыла зеркало свое медицинское с головы снять. Так и шла по городу, как Царевна Лебедь: а во лбу звезда горит. Люди оборачивались.

Муж мой — он сейчас второй институт заканчивает, юридический, — как-то и спрашивает:

— А чего он за тобой бегает, ты знаешь?

Не интересовалась, говорю.

— А ты, — говорит муж, — возьми завтра палку побольше, дождись, и как побежит — выясни, с какой целью он на тебя несется. А если нападать начнет, ты его палкой хрясь! — в пределах дозволенной самообороны. А мы рядом будем. Если ты не справишься, мы его добьем.

Ну так ясно же, что он не мириться ко мне бежит. Он клевать бежит. Как минимум. Но с мужем согласилась. Так жить нельзя: я уже и туфли на каблуках забыла когда надевала. Все джинсы, кроссовки, чтоб удобней бегать. Мне на работе замечания стали делать, что одеваюсь как на субботник. Побегали бы они с мое по утрам — поглядела бы я на их униформу.

Вечером сонник читаю на сон грядущий. Если увидеть во сне агитатора, то ваше несбыточное желание исполнится. А если архиерея, то будет вам радость. А если аэроплан, то будет вам счастье и перемена положения к лучшему. В идеале, конечно, хорошо бы ночью увидеть во сне агитатора и архиерея на аэроплане. Но мне опять ничего не снилось. Поскольку не спалось. И все из-за какого-то петуха. И не сложившихся с ним гражданско-правовых отношений.

Наутро, вооружившись древком от старой лопаты, которой муж зимой крылечко чистит от снега, я в сопровождении семьи медленно вышла во двор и неторопливо двинулась к воротам. Петуха не было. Я остановилась. Куры гуляли, кланялись, кудахтали. Петух не появлялся. Я покашляла. Тихо. Я громко сказала:

— Здрасте, дядя Коля!

Никто не бежал, не верещал «А-ха!». Дядя Коля сидел в открытом окне, уже изрядно во хмелю.

— А петух где? — спрашиваю.

— А тебе какое дело? — склочно выставил подбородок дядя Коля, добавив к вопросу несколько нецензурных вопросительных знаков.

Вопрос риторический. Но не для меня. Объясняю вежливо: петух меня преследовал, а сейчас его нет. Где?

Наверное, впервые на вопрос «А тебе какое дело?» дядя Коля получил человеческий ответ. Он шмыгнул носом, ударил себя в грудь и просипел сквозь пьяную слезу:

— Нету Пети. Нету!!! — заголосил дядя Коля. — На лапшу пустили его! — Тут голос дяди Коли окреп: — А чего ж он долг сполнять не хотел?! За всякими... — дядя Коля мотнул подбородком в мою сторону, — бегал, а за курями — нет! И так будет с каждым! — величественно поднял дядя Коля указательный палец, а другой рукой сгреб в охапку и выбросил в окно своего старого черного шкодливого кота.

Кот отряхнулся, покрутил огромной головой и, грациозно вспрыгнув на выступ нашего подоконника, ловко залез в форточку и исчез в моей квартире.

Когда мы, толкаясь, вбежали к себе, кот уже сидел на плите и, сдвинув крышку с кастрюльки, водил лапой в еще теплом, утром сваренном супчике. Если попадалась картошечка или морковка, он брезгливо ее стряхивал обратно в кастрюлю. А если фрикаделька — ел прямо с когтя.

Убегал от нашего крика неторопливо. Вяло, в общем, убегал. Чтоб вернуться.

— Дядя Коля!!! — выскочила я во двор. — Ваш кот! Ваш кот!

— Ты кто така-ая? — встал в обычную позу дядя Коля.

Я вздохнула и стала отвечать подробно...

СОБАКА

Исключения бывают из всех законов и правил. Вот, например, закон, что хозяева похожи на своих собак. И наоборот. Есть такое? Киваете. Есть.

Возьмем, например, доктора Карташова и его овчарку Киму. Во-первых, мощь и энергия, стремление к природе. Склонность к романтике. Прическа и глаза. А во-вторых, нежная, всепоглощающая любовь к сельди атлантической пряного посола. Ну и общая ненависть к овсянке. Мало?

Тогда посмотрите на Чернышову и ее японского хина. Их же путают!

Ну а у Вандорских вообще. «Иди сюда, кобель пьяный!» — кричит Вандорская. Что б вы думали? Идут оба — и Вандорский, и Ушик, дог.

Но я не об этом. Не об этом. Об исключениях.

Лазарь Наумович Собельман — гигант силы немереной, хоть и пенсионер. Но в прошлом боксер. А боксеров в прошлом не бывает. Как и учителей, разведчиков или мясников. Так ведь? Одним словом, Лазарь — Самсонборец. А его собака? Какая-то помесь блохи и хомяка. Но она, эта помесь, растопила Лазарево сердце и оказалась последней, самой пронзительной, жалостливой и нежной его любовью.

По давней привычке к порядку Лазарь называл жену Женой, сына Сыном, кота Котом, а тещу — опять же исключение — именовал почтительно Мамашей. Соответственно собака получила имя Собака.

— Лазарь! — говорили ему друзья. — Это никогда не станет овчаркой, Лазарь. Тебя обманули. Отдай это где взял.

— Нет! — решительно ответствовал Лазарь. — Он остается. Собельманы своих решений не меняют.

Что говорить, Собака, ласковый, любящий, преданный, забрал душу. И после того как Собака переболел какой-то мучительной собачьей болезнью, Лазарь стал звать его на «вы».

Умнейший парень, Собака умел выполнять все команды. Лучше всего у него выходила команда «Чужой!».

— Чужой! — и Собака моментально прятался в самое укромное место, пролезая в невероятные углы и щели.

И еще замечательная команда: «А где любимый Собака чемпиона республики в среднем весе боксера Лазаря Собельмана?» И Собака мчался к хозяину, заливисто лая и прыгая, радостно лизал Лазаря в нос и приговаривал собачьи нежности. Ну не счастье ли?

Остальные команды Собака выполнял разом, быстро: садился, ложился, подавал голос, укладывался на спину, закрывал лапками глаза — «Ах-я-так-хорош!».

Ну да, не овчарка. Но как он умел слушать и сопереживать: вертел головой, водил ушами, подымал брови, постанывал, взвизгивал и пожимал плечами. Тихо, вы! У кого нет и никогда не было собаки. Да, и пожимал плечами!

И надо ж было, чтоб фотограф Ткач в похмельном гневе пнул Собаку. Просто так пнул, ни за что. Собака завизжал от боли и обиды и быстро выполнил команду «Чужой!».

— Убью, — кротко пообещал Лазарь, — убью. Если не извинишься.

— Ну извини, Наумыч, — миролюбиво заворчал Ткач.

— У Собаки, у Собаки проси прощения.

— Щас! — пообещал Ткач. И назвал адрес, куда идти Лазарю, Лазаревой собаке, Лазаревой Мамаше и прочей родне оптом.

— Убью, — тихо попрощался Лазарь. И добавил: — Собельманы своих решений не меняют.

На следующее утро Лазарь выгуливал Собаку рядом с фотоателье Ткача.

— Убью, — поздоровался Лазарь. — Если не извинишься.

Ткач огрызнулся, но торопливо скрылся за дверью.

Через день Лазарь пришел к Ткачу на работу фотографировать Собаку. Все как полагается. Оплатил у приемщицы заказ на фотографии.

— На паспорт, — приветливо попросил он Ткача, а Собаку усадил в кресло. — Собака, сидеть!

Собака сел, лег, тявкнул, перевернулся на спину и закрыл лапками глаза.

— Так как?.. — робко возмутился Ткач. — Он... он же все лицо закрыл... руками... этими... лапами...

Лазарь любовно усадил Собаку. Пригладил ему чубчик:

— Ну давай, фотографируй. А то, если не извинишься, знаешь сам, Собельманы своих решений не меняют. Кто ж тогда сделает нам фотографии любимого Собаки чемпиона республики в среднем весе? Правда, Собака?

Собака пожал плечами.

Вечером Ткач ждал Лазаря во дворе.

— Слышь, Наумыч, может, мировую, а?

— Ты, Ткач, конечно, умный. Но с креном в прогрессирующий идиотизм. Я ж тебе сказал, Собельманы...

— Да, да... — уныло кивнул Ткач. — Но как же... у собаки...

— Ну, ты иди, думай пока...

Лазарь истязал Ткача больше недели: гулял под окнами, приходил переделывать фотографии Собаки, потому что Собака там был на собаку не похож. Напоминал, что Собельманы своих решений не меняют.

Ткач перестал спать, есть и даже пить. Бегал муравьиными дорожками от Лазаря и Собаки. Он уже твердо усвоил, что Собельманы своих решений не меняют.

В воскресенье Ткач нарядился. Как будто шел просить Собакиной руки и сердца. Лазарь открыл на стук.

— Тебе кого?

— Так это... — переминался Ткач, — я... извиниться... Так что... может...

— А где любимый Собака чемпиона республики в среднем весе боксера Лазаря Собельмана? — ласково позвал Лазарь.

Собака вышел в прихожую, настороженно и вопросительно глядя на хозяина.

— Ну?! — молча, бровями, спросил Лазарь.

— Ну?! — молча, бровями, спросил Собака.

— Это... — засопел Ткач. — Собака... Извини, блин... Я... это... больше не буду...

Лазарь и Собака посмотрели друг на друга. Лазарь вопросительно мотнул Собаке головой. Собака пожал плечами.

Ткач уходил. Но не было облегчения в его душе. Одна растерянность и смятение. Растерянность. И смятение.

КОЗА ГЛАФИРА, КОТ ЧИПСЯ И ДРУГИЕ ЛЮДИ

Мечутся автомобили — бешеные какие-то, спешат и суетятся прохожие, день летит, несется в вечер. А заверните за угол, пройдите чуть вверх, спуститесь вниз... Вот! Это наша улица. Тихие домики, утопающие в садах, божья благодать. И время тянется медленнее, и люди спокойнее и добрее. И все это — в пяти минутах от центра города. Здесь, в таком милом, похожем на дачный районе, привыкли жить почти по-деревенски. У любого во дворе куры, собаки и коты.

Каждый человек на нашей улице талантлив по-своему. Дядя Рубен из маленького магазина «Березка» пусть не умеет считать на калькуляторе, но прекрасно считает в уме и лучший преферансист улицы. Он наш аксакал, и все бегают к нему просить совета.

Филя Беляковский, музыкант из ресторана «Чернивчанка», — богемный человек. Поэтому, когда уходит в запой, предупреждает всех, что удаляется познавать истину: мол, не обессудьте, если что. И делает громкое объявление.

— Этот запой, — орет Беляковский на всю улицу, — я посвящаю своей прекрасной жене Зинаиде!

Пусть он путает «русских падежей», пусть плачет и дерется, когда проигрывает в преферанс дяде Рубену, — зато на трубе играет как Армстронг. Может, и лучше Армстронга.

Давид Вайнер — гениальный фотограф: фотографирует голову, но успевает потрогать коленки. Лица женщин на фотографиях Вайнера растерянные и от этого прелестные. Чего Вайнер и добивается.

Милочка — студентка, отличница по всем предметам, симпатия всех мам, у кого есть мальчики Милочкиного возраста. Она талантливо танцует, талантливо играет на фортепиано, талантливо говорит по-английски, талантливо одевается и талантливо ходит. А может быть, все это просто кажется Леве Браславскому, студенту мехмата, математическому гению, однолюбу, безнадежно, безответно и навсегда влюбленному в Милочку. Скажите еще, что любить одну и навсегда — не талант!

Левина мама — замечательная портниха. Однажды она сшила Миле платье. Зеленое. Ткань Левина мама выбрала сама.

Ее главный талант — хвалить.

— Иди посмотри на эту *шейнэ сóсна!*[1] — кричала она Леве, когда Мила надела на себя этот зеленый туалет.

Для Левы Мила, конечно же, была «шейнэ сосна», какая бы она ни была на самом деле. Но подойти к ней или позвонить ей Лева стеснялся до потери сознания.

О жителях нашей улицы можно говорить бесконечно. Но сейчас — о Левиной бабушке.

Левина бабушка — человек любвеобильный. Она любит поесть и поспать, любит разводить цветы и домашних животных, любит посплетничать и почитать, обожает сериалы и передачу «Жди меня». Но самая большая

---

[1] Стройная сосна (*идиш*).

ее страсть — делать покупки. О-о! Тут ее фантазии нет предела. Лева с мамой строго следят за бабушкой, чтоб она не вышмыгнула из дому, — иначе купит что-нибудь невероятное, что потом усложнит жизнь семье и соседям. Соседи тоже бдят.

— Браславские! — кричат соседи. — Ваша бабушка помчалась в город! С сумкой! — предупреждают они.

В последний раз ее послали за новыми занавесками для кухни. Бабушка вернулась через два часа, купив вислоухого шотландского кота, парочку печальных попугайчиков-неразлучников, черепаху и хомяка — прожорливого, высокомерного, эгоистичного и пронизывающе-вонючего.

Хомяка отнесли назад, попугайчиков подарили детскому садику, черепаху забрал дядя Рубен. Вислоухий шотландский кот Чипся приглянулся, полюбился и остался жить у Браславских.

Ой, какой это оказался забавный котейка! Друг и философ, защитник и нежное дитя. Его ушки были всегда прижаты к голове как пришитые — словно у старой, видавшей виды шапки-ушанки. Он заглядывал в глаза собеседнику, вертел головой, погавкивал, шипел и рычал на чужих, спал только на спине и сидел на пятой точке, как человек. Бабушка даже боялась, чтобы у него не образовались седалищные мозоли, как у павиана. А главное — он пел! К репертуару подходил избирательно. Например, любил подпевать Паваротти и хору мальчиков. «Па-а-нис анжеликус!..» — подвывал Чипся, сидя на хвосте у магнитофона, вытянув вперед длинные, как у рыси, задние лапы.

И вот однажды Чипся заболел. Он стал чихать и кашлять. Кашлял громко, надсадно, как старик. Засопливел и перестал петь.

Все жалели Чипсю и давали советы. Дядя Рубен авторитетно заявил, что надо поить его козьим молоком. Леву послали на рынок.

Он бродил вдоль прилавков и безо всякой надежды искал козье молоко. На углу, где цыганский мальчик играл на гармошке и голосил про незаконнорожденную дочь прокурора, Лева увидал усталого мужичка с небольшим бидоном. Рядом был привязан маленький лобастый козленок. Прикрыв глаза, козленок вопил, как пожарная сирена, явно получая от этого удовольствие. Лева купил у мужичка козьего молока и еще подумал: неужели в нашем городе найдется человек, который купит и этого сумасшедшего соловья?

Ха! Лева совсем не учел свою бабушку. Он побродил еще по рынку, а когда свернул на родную улицу, услышал знакомый вопль. Еще не веря ушам, он прибавил шагу — и вскоре убедился, что давешний козленок растерянно стоит у них во дворе, а Чипса в своей шапке-ушанке гостеприимно отирается у его ног, от чего тот орет еще пронзительнее.

После скандала в семье Лева поволок козленка обратно на рынок. Конечно, мужичка найти не удалось. Наверняка он, счастливый, в это время уже удирал пешком в свое село, с изрядной суммой денег и пустой пыльной торбой, обгоняя маршрутные автобусы.

Козленка назвали Глафирой. Дядя Рубен авторитетно, как всегда, заявил, что это коза мегрельской породы. У нее было грустное обиженное личико, кудрявый лобик, крохотные рожки, глаза цвета дождя и вредный нрав. Поселили ее в сарайчике для бабушкиных садовых инструментов. Она верещала как резаная с утра до вечера. Но как только бабушка ее отвязывала — умолкала и немедленно исчезала. Оказывается, прямиком топала во двор к Милочке и там ела бегонии и другие красивые цветы.

Мила долго терпела и стеснялась говорить Леве о проказах его козы. Но однажды Глафира по дереву забралась на крохотный Милочкин балкон и стянула с веревки все Милочкино белье. Самое страшное, что, испытывая особое расположение к Чипсе, коза притащила ему пожевать некоторые Милочкины предметы туалета, беленькие и кружевные. Следом бежала Милочка и требовала отдать. Лева, рискуя собственным животом, поскольку у мегрельской козы Глафиры уже выросли саблевидные рога, отобрал у нее Милочкино бельишко и пошел провожать Милу в конец улицы к ее дому, извиняясь и оправдываясь. Он рассказывал Милочке о флюэнтах и флюксиях, неловко комкая в руках ворох изжеванных козой трусиков. Дядя Рубен ворчал с порога своего магазинчика, сопереживая и давая советы: «Левик! Вах! К дэлу пэрэходы! К дэлу!..»

Время шло. Браславские продолжали покупать козье молоко на рынке — для Чипси и для Глафиры. Бабушка стригла Глафиру и вязала носки из козьего пуха. А Глафира продолжала ходить к Миле. Ела цветы, сандалии, оставленные у входа, жевала белье, вывешенное на просушку. Часто топталась под Милочкиными окнами вместе с Чипсей и слушала музыку; иногда Глафира и Чипся подпевали. Милочка сердилась и звонила Леве. Лева прибегал, забирал козу, кота, а потом приходил извиняться — он был очень воспитанный юноша.

Коза подросла, и пора было отдавать ее замуж. На семейном совете, подкрепленном участием дяди Рубена и других соседей, решили отдать Глафиру в деревню, в хорошие добрые руки. Зинаида, жена трубача Фили Беляковского, добавила, что вместе с козой она бы отдала в хорошие руки и своего мужа-музыканта. Но Филю почему-то никто не хотел, а козу Глафиру забрали.

Бабушка очень страдала. Потому что привыкла к Глафире, полюбила ее. Чипся тоже страдал, потому что Глафира стала его другом, и они вместе слушали музыку. Лева страдал, потому что теперь у него не было повода пойти к Милочке извиняться, а потом гулять и объяснять производную и первообразную функции.

Но Милочка сама однажды позвонила. Она позвонила и спросила, где коза и почему коза не поет под ее окнами — она, мол, привыкла. И Лева ответил, что сейчас, сейчас, немедленно придет к Милочке и объяснит ей, что коза у хороших людей, в хорошей семье, и что он там был с бабушкой и Чипсей и проведывал ее, возил передачу, и что коза вышла замуж, и что не хотела бы Милочка тоже выйти замуж. За него, за Леву. Милочка ответила, что да, хотела бы.

Собственно, тут можно было бы и закончить рассказ. Но как не упомянуть свадьбу, на которой гуляла вся наша улица, а трубач Филя

Беляковский играл так, что облака спустились пониже — послушать, Чипся урчал от наслаждения и тихо подпевал. Фотографа пригласили чужого, из города, а Давида Вайнера — только в качестве гостя. Потому что Левик не хотел, чтоб у Милочки на их свадебной фотографии было растерянное лицо, — хотел, чтоб счастливое.

В свадебное путешествие дети поедут на море. Только заедут на пару деньков в деревню. К своей козе, которой обязаны. Заедут к Глафире, а потом уж на море.

ИЩИТЕ СЕРАФИМА

Серафим — черновицкий ветеринар. Подчеркиваю, черновицкий. А это много значит. Черновицкие люди особенные. Очень похожи на одесситов. Любят поговорить, солнце, детей и животных. Поэтому фразу «Скажи мне, кто твой друг...» и далее по тексту Серафим произносит совсем не так, как другие. А эмоционально. Жестикулируя. И немножко с угрозой. Для профилактики. Примерно так: «Я, конечно, скажу тебе, кто ты есть такой, когда увижу, кто живет у тебя дома, в каком состоянии и в каких условиях».

Своих пациентов Серафим знает по имени, по запаху, по окрасу, по голосу и в лицо.

С теми, кто плохо обращается со своими до-
машними питомцами, Серафим ссорится
навсегда и перестает здороваться вообще.
Например, Лева Гольд. Казался приличным
человеком, пока у него черепаха не поселилась. Хорошая девочка, спокойная, нетребо-
вательная. Верите ли — удрала! Лева открыл
дверь сантехнику. Черепаха в прихожей уже
неделю дежурила, топталась, ждала удоб-
ного случая. Как только дверь открыли, она
ломанулась и сбежала. Искали, конечно. Потом знакомые говорили, что видели Левину
черепаху на улице. Неслась вдоль осевой по
Киевскому шоссе. И исчезла. За горизонтом.
А потому что музыку не надо было громко
включать, девиц водить. И топать. А черепахи, к сведению, яблоки ломтиками едят и ли-
стики салатные-капустные. А не чипсы с беко-
ном. Все. Прощай, Лева Гольд, ты животное.
Тебе даже плюшевого зайца нельзя доверить.
Живи один.

Теперь — Маргарита у Агосьянцев. Кошечка. Кто сказал, кошка? Это у вас кошка.
А у Агосьянцев — нежная, ласковая, гордая,
независимая, обидчивая, чарующая, обворожительная ко-шеч-ка. Серафим предупредил:
растолстела. С мячиком играет? Мышей ло-
вит? Да кто ж ей позволит! Но ведь грацию
теряет. Вчера с батареи упала во сне. В ведро

с водой. Конфуз. Жизнью перестала интересоваться. В марте. Гиподинамия. Мало двигается. Лишний вес. Целлюлит. Закормили. Вот животные!

У Томика — попугай. Хулиган и матерщинник. Кутила беспечный. Любит клевать шоколад и молодые женские ноги. То еще воспитание. Пора на учет ставить. В спецприемник милиции. Монеты ворует, украшения. Криминальный элемент. В этом случае — только суровые меры. Попугая — на полированную поверхность. Чтоб скользил и падал. И мольбы о помощи не слышать. Сразу замолкает, дуется, осознает ошибки. С хозяином сложнее. Этот с первого раза не понимает. Повторять надо. Воспитывать.

У Бердянских — ослик. Сократ. Большая умница. Сам надевает шляпу и каждый день ходит к ближайшему кафе в городском парке. Консумацией занимается. Раскручивает посетителей на слоеные пирожные. Других не ест. Когда видит Серафима, закрывает шляпой глаза и думает, что спрятался. Осел. Что с него возьмешь. Хотя догадливый. Знает, что Серафим домой отведет. И как минимум на неделю он, Сократ, останется под строгим надзором и без «Наполеона».

У Осадчих — коза юная, Марианна. Мечтательна, глупа, влюбчива. Назойлива. Выведут на лужайку — задумается. Стоит, пялится по сторонам. Мечтает. В хорошую погоду вообще отвязывается. Бредет на стадион. Пристает к людям. Клянчит. Мужчина, угостите, мол, сигаретой. За матч может пачку «Мальборо» сжевать. Подсела. На табак и футбол. Растлили козу, животные. Теперь лечи ее от зависимости.

У Бессмертных — поросенок. Федор. Пытлив, любознателен. Все время из своего сарайчика в окошко смотрит. Наблюдает. За птицами, собаками, прохожими. Хозяева, животные такие, говорят: может, зарежем его? Столько ест, а не толстеет совсем. А Серафим: да вы что, в самом деле?! Да он, Федор, не поправляется, потому что все у него в ум идет! Лучше читать его учите. А то сам надоедать начнет. Потому как его, Федорово, счастье — в беспрерывном познании.

У Томульцов собака поющая, Каруза, стала голос терять. Верхнее ля не звучит. И интонирует нечисто. Вот это: «В движеньи мельник жи-изнь ве-едет...» Не звучит. Что-то со слухом. Ну конечно! Кто ж такую талантливую собаку зимой на охоту тянет?! Зверь, а не хозяин. Зверь.

Так мотается Серафим целый день от одного пациента к другому, лечит. Проводит воспитательно-разъяснительную работу среди хозяев. А самому завести друга — собаку или кошечку, например, — недосуг. Серафиму некогда. Некогда.

Тут догиня одна знакомая двенадцать щенят принесла. Все хорошие, толстые. Серафим бегает к ним каждый день, помогает. Потому что хозяева догини — люди. Настоящие. И вот когда щенята глазки наконец открыли, Серафим закрыл свои. На секундочку. Присел к столу чаю выпить, уложил голову на ухо, а ухо на скатерть, закрыл глаза и уснул. Лежал так и во сне улыбался тихо и счастливо...

Так что, если вы о ком-то из черновицких знать хотите, Серафима ищите. Ветеринара. Он вам всю правду расскажет. Он точно знает.

ИЗ ЖИЗНИ ПТИЦ

БУРЕВЕСТНИК

Над седой равниной моря жил Шика-парикмахер по прозвищу Буревестник. Ну, не моря... Прута. Буревестником его прозвала наша мама. Имя это прижилось, а главное — Шике-парикмахеру оно очень нравилось. Шика служил дамским мастером и, причесывая клиенток, буревестничал по разным поводам. Например, реял он над очередной клиенткой, реял гордо и свободно, звеня ножницами, размахивая полами халата:

— Вы помните, была в магазинах селедка с красным глазом?! — замирал на секунду Шика для пущего эффекта. — Помните? Нету! — многообещающе поднимал Шика указательный палец левой руки, мрачно глядя на отражение клиентки в зеркале. — И уже не будет ни-ког-да! О чем это говорит? — тоном экзаменатора спрашивал он. Дама в кресле неловко и тревожно ежилась. — Вот то-то и оно! — торжественно заканчивал Шика-Буревестник свою тираду. — То-то и оно! — продолжал он, оставляя клиентку наедине с тяжкими думами по поводу катаклизмов, которые вызовет исчезновение селедки с красным глазом. — Буря! Скоро грянет буря!

Так угрожал он в зеркало отключением электричества, воды, кислорода, повышением цен, неурожаем и войной с Китаем.

Но главная весть, которую он яростно и упорно доносил до своих клиентов, была старость.

— Идет старость, дамы! Причесывайтесь сейчас! — гневно клокотал Шика-парикмахер. — Причесывайтесь сейчас! Пока молоды. Потом, будете вы причесываться или не будете вы причесываться — от этого уже не будет никакой пользы. И никакой разницы.

Шика, изящный, в позолоченных очочках, считался в Черновцах мастером высшего класса и причесывал, как он сам говорил, только первосортных дам. Мама входила в их число. Нашу маму Шика причесывал особенно тщательно и дольше всех, отчего папа наш всегда нервничал.

— Какой сорт! Какой сорт! Вы посмотрите на эту прэлестную грэческую головку! — приговаривал Шика, колдуя над маминой прической, при этом он прищелкивал языком и качал головой от восхищения.

Время от времени он отпрыгивал в сторону, откидывал голову и смотрел на маму так, как глядит художник на свою работу. Иногда Шику приглашали к нам домой, и он причесывал нас с сестрой перед походами в театр или на концерт. Однажды его пригласили стричь сестре косу. Он распустил ей волосы, взвесил их на руке и задумчиво сказал:

— Нет.

Потом подумал еще раз и повторил уже резче:

— Нет и нет!

И в третий раз он погладил роскошные волосы сестры и вынес окончательный вердикт:

— Таки да — нет!!!

И пошел стращать, размахивая руками, как крыльями, чем закончится для всех нас и для сестры эта неосмотрительная стрижка: и замуж в приличную семью ее не возьмут, и все от нее отвернутся, и вообще — от этих всех напастей моя стриженая сестра может! начать! курить!!! И тогда — все! Все!

К слову, моя сестра носит косу до сих пор, и все у нее хорошо — она не курит.

Если мама долго не приходила в парикмахерскую, озабоченный Шика звонил нам домой.

— Это Шика-Буревестник! — кричал он в трубку. — Мадам, или вы сменили мастера? — ехидно интересовался он. — Нет? Так что ж вы сидите дома и не идете причесываться? Имейте в виду, чтоб это не застало вас врасплох: у вас осталось не так уж и много, хочу вам сказать. Каких-нибудь двадцать-тридцать лет — и Шика-Буревестник уже ничего не сможет из вас сделать. Не теряйте времени! Если вы будете причесываться регулярно, — великодушно обещал Шика, — старость вас не заметит. Пройдет мимо и не заметит.

Шика готов был сделать краше весь мир. Встречая на улице красивую женщину, он вежливо кланялся ей и заводил проникновенную беседу о пользе парикмахерского искусства для отдельно взятой головы. Лохматая голова оскорбляла его эстетический вкус.

— Женщины — это украшение нашего мира. Если вы, такая видная женщина, ходите по улицам косматая, как медведь гризли, от этого жизнь тускнеет, наполняется хамством и повышается уровень преступности! — распалялся Шика-Буревестник.

Тогда, в моем детстве, когда Шика предрекал непричесанным женщинам скорую безнадежную старость, ему уже было за семьдесят. Но он боролся за красоту в этом мире изо всех сил. И сегодня, когда моя мама возвращается из парикмахерской, куда по привычке ходит регулярно, все еще очаровательная и элегантная, — я понимаю, что Шика-Буревестник был прав и сделал для моей мамы невозможное. Старость ее не заметила. Прошла мимо и не заметила.

ЧИЧАЛЕРИ

Зубик, вернувшись из туристической поездки в Голландию, решил освоить новый бизнес. А именно: начал разводить кур. И действительно: сколько можно питаться импортными гормональными монстрами, чемпионами по бодибилдингу имени старшего Буша?

Правильно, Зубик! Его поддержали все, включая районное начальство.

Зубик завез цыплят, таких уже не желтых, подростков, и на открытие курятников — двух небольших кирпичных сараев, которые гордо именовались павильонами, — Зубик пригласил военный духовой оркестр. Оркестр сыграл узбекскую песню «Чичалери», что означает «Цыплята». Солировал сам дирижер в звании майора. Подогретый шампанским, он голосил: «Ой, мои вы-и цыплятки, о-ой, мои вы-и касатки! Вы пушистые комочки, мои будущие квочки». Праздник удался, и во всех местных газетах поместили фотографию Зубика и его жены Зины.

Через несколько месяцев, в канун Нового года, в первом павильоне Зубик застал страшную картину: куры пали.

— Чумка, — поставил диагноз ветеринар, — вызывайте эпиднадзор, уничтожайте всех оставшихся птиц.

Во втором павильоне жизнь протекала по-прежнему. Куры выясняли отношения, петухи азартно вели организационно-массовую работу. Параллельно куры активно клевали все, что валялось на расстоянии досягаемости клюва.

— Так они же здоровы! — возмутился приговору Зубик.

— Они — носители! — безапелляционно отрезал примчавшийся эпиднадзор. — Уничтожайте. А то — штрафные санкции, не расплатитесь...

Хорошо сказано: «уничтожайте». А как? Расстреливать их, что ли?.. Зубик пригорюнился.

— Давайте окна в павильоне откроем. На дворе мороз, минус 18. Поморозятся за ночь и падут... — предложил выход сторож.

Зубик с женой Зиной суетливо, не глядя друг другу в глаза, открыли окна павильона и молча уехали в гадком настроении.

Наутро, опасливо войдя в сарай, Зубики увидали очаровавшую их картину. Куры сидели в огромной живой пирамиде, в центре которой восседал огромный петух с глазами бультерьера. Куры периодически организованно обменивались местами и выглядели бодрыми и здоровыми. Бультерьер смотрел на хозяев внимательно и зло. Он явно оголодал. Зубик спиной сполз по двери и задумался. Подгоняли угрозы о штрафных санкциях. Решили — кур не кормить, окна не закрывать. Жена Зубика Зина по дороге домой рыдала, повторяя глупое: «Зачем, зачем...»

А через несколько дней наутро вдруг спал мороз, потеплело необычно, по-весеннему, выглянуло солнышко, забарабанила капель. Куры повыпрыгивали из окон павильона, построились «свиньей» и вслед за Бультерьером, возглавившим куриную орду, весело перекликаясь, топоча и отряхиваясь, направились в город.

Зубики ринулись по следам и застали своих кур мирно пасущимися на центральной площади перед мэрией, рядом с новогодней елкой. На площади в хороводе кружилось много детишек, звучала музыка, продавались сладости. Дедушка Мороз со Снегурочкой проводили игры и конкурсы и вручали детям подарки. Куры были тут совсем некстати, и их количество вызывало недоумение. Время от времени Бультерьер кукарекал, призывая своих дам к порядку. Петушки помельче дрались и будили нездоровый азартный интерес у подростков. Куры топтались у лотков с пирожками и поп-корном, гребли лапами плиты и принимали щедрое угощение от детей. Из мэрии выскочили служащие; вскоре и мэр, даже не накинув пальто, вышел, озабоченно оглядывая площадь. Зубики носились вокруг елки, отлавливая кур и запихивая в свой «Фольксваген», где забыли закрыть окно. Куры выпрыгивали назад, радуя пришедших на праздник, и многие горожане на площади решили, что приехали клоуны с дрессированными курами.

К вечеру куры разбрелись по городу, пристроившись по подъездам и дворам. Зубиков оштрафовали на крупную сумму. Они закрыли свои павильоны и занимаются теперь продажей недвижимости.

Это событие произошло на самом деле несколько лет назад. Но до сих пор в нашем городе то там, то здесь встречаются странные недоверчивые создания, похожие на кур и петухов. Они одичали и окрепли. Некоторых можно увидеть на деревьях. Они склевывают почки или ягоды в зависимости от сезона. Кто покрупнее и посмелее — гоняются за кошками и щенками. Многие попрошайничают на базарах и стихийных рынках. В руки никто не дается. На заседаниях городского совета серьезно поставлен вопрос об отлове бродячих кур.

ПТИЧИЙ БАЗАР

Оказывается, людей с птичьими фамилиями — не счесть. И среди писателей они тоже есть. Например, писатель-монументалист Шпак (с украинского в переводе на русский — скворец). Пишет глобальные романы о подполье. И в каждой книге, в каждом подполье какой-нибудь Шпак. Это он так ненавязчиво дает людям понять, что и у него у самого революционное и боевое прошлое и что он, Шпак, потомственный подпольщик.

Но, как известно, писатели и поэты — люди ранимые, подозрительные и очень обидчивые. Во всем они видят подвох, издевательство и покушение на творческую свободу.

Однажды пригласили Шпака в нашу городскую библиотеку, в клуб интересных встреч. Приехал он, такой — в значке, гладкий, как воробей летом. Он, наверное, все время думал, чтоб все увидели этот значок, и даже шел как-то левым боком, наваливаясь плечом на сопровождающих. А мы сидим в читальном зале, волнуемся: живой писатель, ко всему — подпольщик. Одна девочка, как потом оказалось, вообще решила, что он Ленина видел.

Приехал он. Директор библиотеки к нему навстречу.

— Здравствуйте, я — Алла Александровна Галкина. Галкина! — говорит Галкина.

А он:

— Шпак! — говорит. — Шпак!

Входит. А Лилька — такая яркая роскошная десятиклассница — ему цветы. Лильку всегда подсылают цветы вручать. Глядя на нее, гости обычно забывают, зачем приехали. Шпак — не исключение. Подпольщик-то он подпольщик, но Лилька такая, что даже мумия Тутанхамона голову приподнимет, чтобы ее внимательно рассмотреть. А если получится, то и потрогать.

Шпак глаза закатил и загулил, как сытый голубь:

— О! Какая у нас мо́лодежь! Какой комсомол! — И Лильку за локоток: — О! Какая у нас смена! — И, как все, забыл, зачем приехал: — И как же зовут наш комсомол?

Лилька глаза долу:

— Лиля...

— А фамилия?

Шпак заинтересован безумно. Уже вцепился в Лильку, как ястреб в юную горлицу.

Лилька, наивно:

— Чибис...

Шпак вздрогнул, сглотнул плотоядно, ойкнул изумленно:

— Кэк-кэк? — переспросил.

— Чибис, — Лилька стыдливо.

Шпак заподозревал. Интересно, интересно... Директриса — Галкина, комсомол — Чибис... Поскучнел Шпак. Но цветы у Лильки взял. Сел, но на лице — букет чувств: обида, укор, удивление, смятение, недоумение...

Алла Александровна Галкина объявляет тем временем торжественно:

— А сейчас — отрывок из романа «С революцией в сердце» прочтет Наталья Сорока.

И тут Шпак увидел ухмылки на наших лицах и решил, что его позвали, чтобы поиздеваться. Нет, ну на самом деле — это уже перебор: сам — Шпак, директриса — Галкина, красавица — Чибис, декламатор — Сорока...

Шпак:

— Ах так?!

Вылетел из зала, побежал к машине. А тут, как назло, опоздавшая к началу встречи учительница бывшая, в парике. Поэтесса «кровь — любовь». Бежит к нему наперерез и рукописями размахивает:

— Не сочтите, прочтите! — И ему вслед: — Я Уткина! Я — поэтесса Уткина!..

Шпак жаловался в райком партии. Приезжал инструктор, проверял документы. Лилька и Наташа приносили свои комсомольские билеты и свидетельства о рождении. Инструктор в справке так и написал: что директор библиотеки — действительно Галкина, комсомолки-активистки клуба интересных встреч — Чибис и Сорока, ветеран труда, бывшая учительница — действительно Уткина. И что никакого подвоха в этом не было.

Поставил дату и свою подпись — Снигур. Что в переводе с украинского означает «снегирь».

ВИКТОР П. И МОЛЬ

У Виктора П. в шкафу жила Моль. Виктор с ней боролся. Но той все было нипочем. Она ела нафталин, запивала лавандовым маслом, укрывалась ореховыми листьями и курила табак.

Со временем Моль обнаглела. Она стала вылетать из шкафа, пикировала на Виктора и откусывала свитер прямо с плеча. По утрам она прилетала на кухню, пила с Виктором кофе, ела гренки.

Виктор привык, делился с ней мыслями. Моль слушала, кивала. За понимание Виктор сводил ее в магазин. Моль кое-что себе купила, а кое-что так, понадкусывала.

Моль поправилась, раздобрела. Стала готовить Виктору еду, стирать вещи. Те, что от ее обеда остались.

Виктор купил ей косметику. Моль подкрасила ресницы, губы и несказанно похорошела. Виктор подумал, плюнул и женился. На Моли.

Все вокруг восхищались:

— Какая у Виктора П. жена, яркая блондинка!

Только один Виктор знал, что никакая она не яркая блондинка. А просто Белая Моль.

Моль жила широко. Съела две шубы, пять костюмов, туфель и сапог — не счесть и три кольца золотых. А тут и дети. Прожорливые! Памперсы, комбинезоны, игрушки, теннис, музыкальная школа...

Как-то утром Виктор проснулся, а у него плешь на голове. Моль проела. С детьми. Затосковал Виктор.

А тут у него в кухонном шкафу Мышь завелась. Пушистая, молодая, носик розовый, зубки белые... Да-а...

КОТ УЧЕНЫЙ

Мы стаей живем. Вожак — наш папа. В стае — мама, дети и этот подлый криминальный элемент по имени Ольгерд Гернет фон Оффенбах Четвертый, а коротко — то ли Место, то ли Фу. Ну и я, кот.

Но жизнь у меня собачья. Ответственности много. За всем не успеваю. Наблюдать надо, что там за окном. Охранять. Миску мою. А то все норовят... Особенно этот: нос свой мокрый в мою миску! Потом псиной несет... Миска моя. Мисочка...

Свиреп я, но в меру. А насчет внешности — что скрывать очевидное. Да, красив. Как юный Зевс. Меня так и зовут — Мурло. Что значит «лик». Умен. Талантлив. Но нервы... Псу под хвост такую жизнь.

Мальчик наш решил на физмат поступать. В голове его знаний полно. А высказать не умеет. Прямо как я. Ему преподаватель говорит: ты вслух рассказывай кому-нибудь. А кому?! Этому блохастому Месту-Фу? Или девочке нашей, глупенькой, необразованной?

Папа занят. Он где-то там, за окном, работает. Еду добывает. Мама тоже занята. Она эту еду нарезать должна и мне в миску складывать. Хотя к обязанностям своим относится безответственно, должен сказать. Сядет к столу и тюкает по клавишам. Как дятел за окном: тюк-тюк-тюк... Или куда-то с Местом-Фу уходит. За окно куда-то. Что они там делают, не знаю. Но так и слышно: «Фу! Фу!»

Что нашему мальчику делать? Стал рассказывать мне. А у меня и выбора нет. Если не буду сидеть у него на диване, смотреть на него умильно-преданно-внимательно и ушами кивать, то он все равно заставит сидеть на диване, смотреть на него умильно-преданно-внимательно и ушами кивать. И совсем не деликатничает. Хвать меня за шкирку! Прямо у миски! Прямо от еды! И тащит так. Идем, мол, физику учить. Поэтому и нервы у меня.

Я этой физики по горло набрался. А от избытка информации стал даже сознание терять. Брык! — и сплю без сознания. Нервы.

Тогда мальчик, добрая душа, принялся меня печенкой за каждый раздел физики кормить. От себя отрывал, Прометей, печенку куриную. А псина эта, Место-Фу, оттуда, из-за окна, придет, — печенку чует. Извивается весь перед мальчиком — мол, почитай мне физику, я тоже физику хочу. Ну почитай хоть немножко второе начало термодинамики! Хвостом мотает. Скулит. Подлизывается, негодяй такой. А физика, она же не каждому дается. Физика — наука совсем не простая. Почти как жизнь... Там, за окном.

ENGLISH

Вот и мальчик наш не справился. Провалил он экзамен вступительный.

Жаль его. Так он работал. Так старался...

Я? А что я? Я бы поступил.

ДТП

Несовершенно люди устроены. Но одинаково. Точка, точка, крючочки там, оборотики, ручки-ножки... А вот собаки уже совсем по-другому. Хвост там... И интеллект. У некоторых собак ай-кью выше, чем у некоторых людей.

Молотинский, например, научил свою овчарку руль держать. Если ехать по прямой, собака может запросто машину вести. Кто-то, конечно, должен на газ-тормоз нажимать. Друзья советовали вторую собаку завести. Но Молотинский не на это же учился, честное слово. Он же зоотехник, а не дрессировщик. Ну так, для смеха:

— Тарзан! За руль!

Тарзан р-раз — и с удовольствием. Право-лево только путает еще.

Как-то возил Молотинский на рынок цыплят из инкубатора. Несколько ходок сделал уже. И каждый раз у рынка сержант-гаишник его тормозит. То превысил, то не уступил, то ремни, то машина грязная. Конечно, будет грязная — через поле под дождем. Ну энергичный же хлопец попался! И, главное, ты же видишь машину. Я ж тебе — уже! Нет! Снова машет. А вредный! Как тойтерьер в волчьей шапке, честное слово...

Ну, думает Молотинский, я тебе покажу «нарушаем»! Я тебе так нарушу, будешь протокол составлять — свихнешься! Вся твоя инспекция от смеха под колеса полезет. Я тебе покажу!

Посадил Молотинский Тарзана рядом. Подъезжает к рынку — стоит злодей. Увидел машину издалека, шею тянет. Хмурится. Благородный такой, положительный. Как в индийском кино. Ну-ну... Танцор диско. Маши-маши. Маши.

— Тарзан, за руль!

Так. Теперь такая картина внутри машины: Тарзан держит руль. Молотинский ноги вытянул — благо длинные, — газ-тормоз контролирует. Теперь снаружи. На самой малой скорости по прямой едет «копейка», за рулем — собака, рядом — Молотинский. Невозмутимый. Даже головы не повернет в сторону сержанта. Остановились.

Ну, слова, которые сержант говорил, и не надо тут повторять. Тем более что для многих они вовсе и незнакомые. Тарзан их тоже не понял. Сидит себе, не реагирует. Лапы на руле, язык от радости вывалил. Он же водитель.

Ох и свирепый же был тот сержант. Протокол! Протокол!

Ну-ну... Давай, пиши... Пиши... «Водитель автомобиля ВАЗ 21-01 под номером... находясь в нетрезвом состоянии, передал...» Находясь, да? А ты проверял?! Я — язвенник! Я двадцать лет не пью! Ага! Новый листочек взял... «Водитель автомобиля ВАЗ... под номером... передал руль...» Да-да? Кому-кому руль передал? А что, я не имею права руль передать? Ах, у собаки прав нету? Вот тут ты прав. Нету у Тарзана прав. Так ты это в протокол запиши! Ну? «За рулем находился пес по кличке Тарзан». Точно, Тарзан. У него и паспорт есть. А у собаки не оказалось водительских прав! Ты пиши, пиши, сержант... Ай-ай-я-а! Снова бумажку испортил. Что ж ты нервный такой? Давай новый листочек. Так... Про-то-кол... ага... ага... стоп! А водитель не я. Ты разве меня задержал? Ты не меня задержал. Ты собаку задержал. Ты жезлом махнул? Махнул. Машина остановилась? Остановилась. Кто за рулем сидел? Видел? Пиши: «водитель, восточноевропейская овчарка по кличке Тарзан...» Н-да... Ох и резкий ты парень, сержант. «Водитель автобомиля»! Да не «автобомиля»! От ты! Опять листочек новый! Тихо-тихо, пиши! Что пишешь? «Передав руль собаке, надругался над сержантом...» Ой, нет, парень! Этого точно не было. И не уговаривай...

Нервы у сержанта были никуда. Молодой, а не здоровый. Нет. Ногами топал. Слюной брызгал. Отпустил. Молотинский еще и уезжать не хотел, все требовал протокол показать и хотел, чтоб Тарзан его подписал.

Ну, потом Молотинский еще пару раз проезжал мимо. Но сержант его просто в упор не видел. Не видел — и все. Зрение плохое, наверное.

Только вот Тарзан обиделся. Как с ГАИ дело иметь, так он, а как по полям гонять лихо — это хозяин. Несправедливо это. Нет.

РЫБКА

Ребенок заявила: мол, я была хорошая, чистила зубы без предупреждения, красиво написала три строчки «мэ» и «нэ», не плакала, не шумела, не надоедала, не теряла носовой платок — вон он на кошкиной шее привязан для особой красоты. Поэтому хочу рыбку! Не кушать. А так.

Раз ребенок была хорошая — поехали!

Магазин «Экзотика». Кругом аквариумы. Рыбки всякие — с вуальками, полосочками, в горошек... Из-за занавески продавец вышел — бледно-зеленый какой-то, худой, лысый совсем, без бровей, без ресниц, как будто сам из аквариума только что выбрался, и шатается как ламинария — вправо-влево, вправо-влево... Ихтиандр. Говорит-булькает: чего изволите? Ребенок вверх пальчиком ткнула: «Хочу во-он ту рыбку».

А там какая-то серая, плоская. И взгляд! Вы пантеру видели? Вот. Пантера.

Ихтиандр обрадовался вдруг, засуетился.

— Какой прекрасный выбор, какой умный ребенок! Это очень редкая рыбка, африканская такая рыбка. Берите, не пожалеете!

Взяли. И рыбку. И аквариум. Механизмы всякие — воду греть, кислород чтоб рыбе, свет... Корм сухой.

— А если надо спросить-проконсультироваться, так вы звоните в любое время, — это Ихтиандр. — Да. В любое время. С трех до четырех. Дня.

Ох, не нравился мне этот Ихтиандр со своей рыбкой африканской, не нравился. А на прощанье — мол, вы еще сюда ко мне придете.

Угрожал. Явно угрожал. И правильно! Рыба сухой корм не ела.

Звоним. С трех до четырех дня.

— А нужен живой корм, — сказал Ихтиандр.

— А где?

— А вы приезжайте.

Приехали. Взяли. В банке литровой. Копошится и хрустит.

Рыба ела, будто в последний раз.

Тут живой корм взял и приуныл. Дохнуть стал.

— А его кормить надо! — это Ихтиандр с трех до четырех. — И среда нужна. Чтоб тепло и болото в банке.

Значит, так: в воскресенье купили рыбу. В понедельник — живой корм. Во вторник — корм для живого корма. Как раз в среду купили среду.

Уже вроде все. Сиди, ребенок, и любуйся рыбкой. Но тут кошка, дурочка любопытная, в аквариум лапой. А рыба цап за лапу! И кушать. Еле отодрали.

Кошка на лапу дует. Хромает. А рыба — ничего. Смотрит только из-за стекла так с интересом и зубами — хрясь! хрясь!

Ребенок испугалась. Не хочу, говорит, рыбу. Лучше буду противная, непослушная, платки буду терять. Только отдайте ее, такую кусачую, куда-нибудь.

Отдали соседям. У них аквариум огромный — хоть акулу держи. Что уж нашу пантеру. Отдали приданое — и живой корм, и корм для корма, и среду. В пятницу.

В субботу — несут обратно.

— Она всех наших рыбок поела. И в стекло стучит. Громко. Чтоб кормили. И за собакой наблюдает. Туда-сюда глазами, туда-сюда. И лицо у нее плохое. Вот вам она обратно.

Вернули. Но без корма. Сколько корм ни корми, а он кончается.

Мы бегом Ихтиандру звонить. А его и нету. Даже с трех до четырех.

Тогда в зоопарк побежали. Пристроили рыбку нашу. Рыба-то действительно редкая, африканская, до двух метров в длину вырастает...

А Ихтиандра-то, оказывается, взяли. За контрабанду живого товара.

...Теперь у ребенка есть тамагочи. Днем спит. По ночам пищит. Встаем по очереди. Кормим.

КЕНГУРУ В ПИДЖАКЕ

В Бразилии, как известно, водится много-много диких обезьян. В Австралии — и это тоже известно всем — очень много кенгуру. Но они, оказывается, не такие дикие. Как те, из Бразилии. Потому что позволяют проделывать над собой невероятные вещи.

Вот приехали из Австралии мои дядечка и тетечка и стали нас склонять. К отъезду в страну, где водится много-много не очень диких кенгуру. Вот, говорят, и экология, и уровень жизни, и так далее. Но последним аргументом были они, кенгуру. Представь, рассказывает тетечка, приехал один одес-

сит, решил сделать какую-нибудь экзотиче-
скую фотографию и нарядил не очень дикого
кенгуру в свой пиджак. Где были документы, деньги и бумаги на прокат автомобиля.
А кенгуру испугался вспышки фотокамеры,
вздрогнул, дернулся, совершил — ап! — фан-
тастический прыжок и — ап-ап-ап!!! — смыл-
ся. В пиджаке.

Да, отмахиваюсь я, этот сюжет и в голли-
вудском фильме был, и по телевизору как-то
промелькнул, но в том случае пострадавший
был из Москвы. Нет, возражает тетечка, он
был одессит, это точно. Поскольку только
одесситу придет в голову не просто накинуть
на животное пиджак, но и засунуть кенгури-
ные лапы в рукава, а рукава — в карманы.
И пиджак застегнуть. Чтоб навсегда. Ну понятно, тетечка моя — одесситка и свято убеж-
дена, что все необычное и оригинальное может быть только из Одессы.

А финал этой истории — действительно в голливудско-рождественских традициях.
Одессит уехал домой с помощью консула.
Консул тоже хорошо посмеялся. А через два
года какой-то австралийский фермер привез
документы и деньги в Одессу по указанному
в паспорте адресу. То есть где-то он встретил
этого кенгуру и...

Вот тут уже у кого как воображение работает. А кенгуру?! — спрашиваю я. Два года! Два года несчастный мотается в чужом пиджаке. Лапы его накрепко замотаны рукавами. Ни почесаться тебе. Ни любимую обнять. А аварийная обстановка на дорогах! Едут какие-нибудь отдыхающие по саванне, дорогу перебегает стая кенгуру, и один из них... в пиджаке!!! Тут уже поставленные перед отдыхающими цели путаются: то ли пить надо меньше, то ли пить надо больше... Словом, после такой картинки, когда кенгуру лениво и бесстрастно валит через дорогу в дорогом пиджаке, пить все равно надо.

Но нет худа без добра. И становится наш кенгуру в своей стае уважаемым. Главным. А что удивительного? Он же в пиджаке! Мало того, у него удостоверение личности! Вот только честно: есть у вас знакомый кенгуру, у которого удостоверение личности во внутреннем кармане пиджака? Пиджака от Армани. То-то. А фотография... А что фотография? Ну, допустим, лицо у кенгуру поуже. И поинтеллигентнее. Но кто будет сличать? Кто сличать будет?!

К нему сразу прислушиваются. Ему лучшая еда, место для ночлега. В драках самцов он не участвует, проходит вне конкурса. Какое соперничество?! Все лучшие девушки и так его. Два года живет наш кенгуру в качественном пиджаке, делает карьеру, плетет интриги, очаровывает дам, растет в собственных глазах. Ему угождают. О нем сочиняют песни. Ему поклоняются. Его обожают. Его боятся. Еще чуть-чуть — и на гербе Австралии надо делать изменения: там ведь кенгуру дезабилье. И вдруг какой-то фермер!

Хочется надеяться, что австралиец этот самый пиджак просто отобрал. А кенгуру дальше живет и беззастенчиво пользуется своими пиджачными привилегиями. Пока какой-нибудь кенгуренок из маминой сумки не вякнет: «А король-то...» Но тут подождать еще надо. Пока у них глаза откроются. Пока недовольство накопится. Сознание окрепнет. Пока низы захотят. Верхи замогут... Пока младенец из сумки морду высунет. Спросит маму: а почему это?.. Тут может много времени пройти.

Так я еще раз о пиджаке. Вернули деньги, документы... Спрашивается: а пиджак?! Стоп, граждане. А два года? Два года! Пиджак наш кенгуру просто сносил!

Я в гости собираюсь к своим в Австралию. Купила курточку, крутую такую, от Лагерфельда. Не ношу. Специально берегу. Хочу в Австралии с коалой сфотографироваться.

КАТОРЖНИК

Мне нравятся размытые очертания произносимых слов. Люди в одно и то же слово вкладывают свой собственный смысл, и пожалуйте — жизнь расцветает и радостно вертится, как карусели.

Вот смотрите. Приятель мой, егерь из местного лесничества, Павлик говорит:

— Я, друзья мои, бодро иду по жизни! Бодро и весело. А чего огорчаться, прально?

И заметьте, все это он говорит, лежа на диване, небритый, с синяком под глазом и больной головой после вчерашнего. Квелый такой, с зеленым лицом лежит, но при этом бодро идет по жизни, и его не пугают временные трудности.

Павлуша — человек широкий. В молодости на пиво или в баньку париться, например, ездил с друзьями, не мелочась, на локомотиве. Он кем-то там в железнодорожном депо работал. Девушек катал на своем бронепоезде. А потом ставил локомотив на запасный путь, и вот вам пожалуйте в гости — уже дача...

Единственный человек, кого Павлик всю жизнь боится, — его маленькая жена Леся.

— Павлуша, а Павлуша!

— А, Лесю кохана...

— Павлушка, зайды до хаты.

— Не, Лесюню, нэ хочу. Ты бить меня будешь...

— Та нэ буду...

Идет дурак большой Павлик. Леся как подпрыгнет, как даст своим маленьким крепким кулачком по башке!

— Я тоби зараз дам бронепоезд! А?! От якый параззззит!

Павел закрывает голову руками и пережидает. Ну не станет же он с маленькой Лесей драться, наш добрый Павлик.

А знаете, что он любит больше всего на свете? Горы. Горы...

А как же их можно не любить? А вы поднимитесь повыше до Перкалаба или вскарабкайтесь на фиолетовую сивую Чорногору и замрите там на минуту... А еще лучше — останьтесь на ночь. И тогда этакие начнут происходить чудеса! Зачем куда-то за тайнами ехать за тридевять земель, за семь морей и океанов? Вот они у вас под носом. Ночь в Карпатах — и вы другой человек. Услышите в кромешной тишине чьи-то вздохи, всхлипы и шорохи, хрип загнанных лошадей, пьяный хохот невиданной птицы, рваный яростный рык дикого зверя... Увидите горящие во тьме глаза и сквозистые плывущие тени... Ага-а! Страшно?!

Вот как у нас интересно! Вот!

Да не бойтесь вы! Главное, относиться ко всему этому как Павлик — с уважением. И ничего не нарушать. Спокойно, тихо, не вмешиваясь. Только начнешь строить из себя венец природы — все, ты пропал. Карпаты тут же ставят тебя на место. Иди отсюда, человек мелкий, и не мешай вечности, глупец...

Павлик однажды лет десять назад увидел на верхней заставе в Карпатах, как две молодые рыси играют. Как котята, совсем забылись... Павлик наставил на них ружье, думает: вот сейчас завалю. Уже шубу планировал Лесе своей коханой... И вдруг из-за спины шаг быстрый, тревожный, торопливый и звон монет, под ноги Павлику брошенных. Он оглянулся — а там... А там — ни-ко-го. И ничего. Ветер. Фью-у-у-у-у-у... И все. И рыси удрали, пока Павлик в ступоре находился. Правда-правда!

С тех пор он к природе относится, как к живому, мыслящему и очень родному существу.

И вот, как и мечтал, бросил он свое депо и наконец стал работать в лесничестве. А друг его, Айпетри, — главный лесник. Высокий, лохматый, как леший. Прежде чем на охоту ехать или просто на озеро в горах в закрытые приграничные зоны, всегда нужно у него разрешения спрашивать. Он сначала думает, рассматривает тебя взыскательно, вздыхает, качая головой, может не разрешить, а если разрешает, то на клочке из старого настольного календаря пишет: «Аддыхать разришаю. Айпетри». И только эта бумажка — верный пропуск в чарующие места. Никакие геральдические знаки на всяких удостоверениях здесь недействительны. Только это вот разрешение «аддыхать». И так становится легко. Раз тебе письменно разрешают отдыхать... Я, например, который год храню такую записку, однажды нам выданную, когда мы на озеро Гирске Око (горный глаз) ездили. И вот так вот ничего, бывает, делать не хочется, а столько надо. Достану бумажку «26 мая. День химика», прочту корявое «Аддыхать разришаю» — и отдыхаю с чистой совестью.

Так вот, Павлик, как я уже говорила, после случая с котятами рыси стал очень осторожно к природе относиться. А уж к охоте — с таким подозрением! Конечно, иногда необходимо отстрелить больное животное или, например, когда сильно расплодится какой-нибудь вид в лесу, или заведется опасный зверь — волк, или медведь повадится коров воровать, овец в соседних селах. Тогда — да. И то...

Бродит Павлик по лесу, недовольный положением вещей, встречает в лесу то козочку дикую пятнистую, то маленьких кабанчиков, полосатых, как дети в пижамах, но особенно он любит лосей. Работая в лесничестве, убедился в том, что лоси — просто уникальный лесной народ. Он может говорить о лосях часами, об их повадках, хитрости, о склонности к самоанализу, о чувстве юмора, о способности сопереживать своим товарищам. Об их лосиной взаимопомощи, о способности мыслить абстрактно. А почему он трепетно относился именно к лосям — потому что у него был знакомый лось. Каторжник. Да. «Ну не Бобик же, — отвечает на вопрос «почему» Павлик, — прально? И не Васька же?» Каторжник — как раз его было это имя. Так его звали, этого гражданина лесов и болот.

Он болтался между Румынией и Украиной, шарил туда-сюда через границу, чтобы летом воровать с полей кукурузу то там, то сям. Лося трудно вообще назвать красавцем. Знаете, как будто нерадивый ученик задумал слепить из пластилина оленя. Лепил-лепил, старался, сопел, но таланту не хватило. И получилось то, что получилось. Нелепый, высоконогий, большая горбоносая голова, обиженные надутые губы и рога как две лопаты.

Павлик и Айпетри этого парня еще лосенком у браконьеров отобрали. А лось если кого полюбит, то все. И так он полюбил Павлика — как маму родную, потому что тот его из бутылки молоком выкормил. И часто Каторжник приходил к Павлику с Лесей на подворье и по вечерам заглядывал в окно.

Я это видела. Однажды. Потом год отходила, боялась в окна вечером смотреть.

Я еще тогда близорукой была очень. Приехала к Павлику с Лесей в гости за впечатлениями. Ага, набралась впечатлений... Вечером лежу, читаю. А тут возня какая-то. Шорох. Встала. Подошла к окну, прильнула к стеклу. Что там такое? Кто там?! А Каторжник, лось Павлушин, с той стороны прильнул. И тоже недоумевает, кто это там такой незнакомый лохматый, в очках...

К вам когда-нибудь лось заглядывал в окно? Вечером, поздно, при свете полной луны... Нет? Вам хорошо. Говорю, хорошо, что к вам лось в окно не заглядывал...

Я еще внимательно так вглядывалась. А лось — он ведь тоже очень близорукий, тоже с другой стороны всматривается. Мы оба вглядываемся старательно и с надеждой — оба горемычные, близорукие, и лось, и я... Стекло запотело. Он дышит, я дышу. Смотрим-смотрим-смотрим — смо-о-о... о-о-о-о! а-а-а-а!!!

Я как заору:

— Па-а-а-авли-и-ик, иди сюда-а-а! Я боюсь!!!

А Каторжник как заревет:

— Нет, лучше иди сюда!!! Это я боюсь!!!

Он, по-моему, все-таки больше испугался, пока удирал, весь двор разворотил. С такой скоростью смотался, что даже курятник сшиб от страха. А собачью будку с собой уволок. Прям с Шариком. Собака воротилась под утро, волоча будку свою на цепи, ворча, огрызаясь и приговаривая: «Сволочи какие-то все тут одни!»

А потом Каторжник седьмой дорогой Павлушин дом обходил и только уже весной опять притащился, и то с опаской, издалека присматривался — нет ли там страшной меня...

Вот на следующей неделе собираюсь к Павлику с Лесей поехать.

Павлик по телефону говорит, что Каторжник пьяный по лесу ходит — нажирается падалиц с диких яблонь и пьянеет в зюзю, как этот...

— Ну и что? — спрашиваю

— А что-что... Ты что, пьяниц не знаешь? К румынам на границу бегает. С оскорблениями. Рожи пограничникам нашим строит. К оленихам пристает, дебоширит, дерется...

— Песни горланит, — продолжаю я, — хохочет...

— Ну, — подхватывает Павлуша, — угрожает — тебя ждет, отомстить хочет. Спрашивает, мол, ну что? Приехала эта? Мол, ща кэ-э-эк загляну к ней в окно, как шугану ее!!! Как раз луна полная!

Да. Ну, словом, поехала я. Каторжник ждет. Пьяный. Рассчитаться.

А в горах сейчас — ох хорошо! Дымок над вершинами фиолетовый курится, пряный влажный хвойный дух в лесу, в речках рыба серебром бьется... У-у-у-у! Поехала!

КОТ ВОДОПЛАВАЮЩИЙ, КОТОРЫЙ ХМЫКАЛ

Нет, какая все-таки странная, на чужой взгляд, наша семья! Мы просто удивительные дураки, чем очень гордимся. И все это знают. А иначе зачем все как один волокут к нам всяких животных — брошенных, лишних, найденных где-то? По миру о нас пошла такая слава, что теперь животные даже без помощи человека находят к нам дорогу. Приходят, прилетают, приползают и рвутся прямо в дом, даже не здороваясь, уверенно полагая, что именно здесь они найдут приют, еду и хорошего собеседника. И мы от них никогда не отворачиваемся.

Дело в том, что наш папа всегда мечтал иметь коня. Иногда он, глядя на коня в журнале, на фотографии, по телевизору, в мультике про трех богатырей или пропустив рюмочку-другую в теплой компании, вдруг вздыхал

тяжко и тогда говорил: «Вот бы мне коня...
Был бы у меня ко-о-онь, ох, тогда бы я...» И поскольку коня нам держать решительно негде,
то мы, пытаясь компенсировать нашему папе
отсутствие коня, забиваем дом всяким симпатичным зверьем, чтобы хоть как-то скра-
сить его богатырскую кручину.

Однажды пограничники с соседней заста-
вы поздно вечером привезли двухнедельно-
го щенка-сиротку. Мы по очереди вставали
к нему ночью, а я так вообще спала, свесив
голову вниз, чтобы Чак (мы его так назвали),
устроившийся на коврике рядом с кроватью,
мог меня видеть и не чувствовал себя оди-
ноким.

Потом дочка Лина в кулачке принесла сле-
пого котенка, завернутого в лист лопуха, —
вот это была морока! Кормили его молоком
из пипетки, выхаживали, ждали, когда глазки откроет. И сколько радости было, когда
однажды утром дети заорали: прозрел! Прозрел! Чак помогал в воспитании котенка активно, грел его по ночам. Кот так и спал потом
всю свою жизнь у Чака на животе, зарываясь
в длинную шерсть. То есть кошка. Лайма. Котят приносила два раза в год. А в урожайные
годы — даже четыре или пять. И всех Лайми-
ных детей приходилось пристраивать в хо-

рошие руки, попутно прослеживая их судьбу и отнимая у тех, кто плохо с ними обращался.

Даня, сын мой, всю зиму как-то воспитывал двух жуков — Шварценеггера-отца и Шварценеггера-джуниора. Они от постоянного тепла, а может, и от изумления, не уснули, очень резво возились в своей банке, что-то жизнерадостно закапывая и припрятывая, — словом, вели здоровый, совсем не зимний образ жизни и к весне дали потомство. Даня — его надо знать — заботился о них как о последних жуках, существующих на планете, а в мае выпустил все, что получилось. А чтобы утешить нас, принес домой семью белых крыс — мистера и миссис Грызли, которых выселили из дома его одноклассницы за изобретательность и шкодливость. Уж как я уговаривала Даню отнести их туда, где взял, — нет, назад их категорически не брали, мотивируя отказ сомнительным «взял так взял».

И тогда переполнилась моя чаша терпения, и я заявила: «Или я, или эти Грызли с их голыми хвостами!» И вышла на улицу с зонтиком. Потому что шел дождь. Так я и стояла немым укором перед нашими окнами. А из окна на меня со слезами на глазах смотрел мой сын, нежно прижимая к сердцу крысиную парочку. Потом он, конечно, спустился ко мне во двор и признался, что не может выбрать, кто ему дороже — я или крысы. Ведь я без него еще смогу протянуть, — хоть в тоске и печали, но просуществовать смогу, — а вот крысы точно погибнут. Ведь он за них в ответе. А крысы в это время нежно теребили своими розовыми, абсолютно человечьими ручками воротник Даниной рубашки, с укором на меня поглядывая хитрыми бесстыжими глазками.

Крысы оказались обаятельные и умные. Только вот дома у нас каждый день была невероятная суета: Чак очень не любил мистера и миссис Грызли; кошка, наоборот, их любила и заодно любила наших попугаев, причем любовь эта носила чисто гастрономический характер. Крысы, в свою очередь, норовили съесть все, начиная с обоев на стенах и Даниного пластилина и заканчивая яркими хвостами попугаев. Попугаи же обожали прогуливаться по полу, кланяясь и вальсируя, чем провоцировали охотничьи инстинкты и кошки, и собаки, и семейства Грызли. А в целях самообороны наши птицы больно щипались и клевались. Иногда могли попасть и в глаз. И когда нам нужно было уйти из дому, мы сначала отлавливали и рассовывали всю эту братию по разным комнатам, углам и клеткам, чтоб они друг на друга не охотились и не ели что ни попадя.

Так Грызли у нас и жили долго и счастливо. А умерли, между прочим, в один день. Потому что переели. Не надо было у попугаев корм воровать и заедать редкими цветами из вазонов, как будто их не кормили!

Да, можно вспомнить тут и о хомячихе с травмированной психикой — в одной семье воем пылесоса ее довели. А к нам принесли потому, что у нас место тихое, а у хомячихи невроз. И мы при ней говорили шепотом. При громких звуках она начинала пищать и бегать туда-сюда как заведенная. И кусаться больно.

А о тех, кто просто приходил к дому, чтобы мы их покормили, я не говорю. Собаки, коты, красавица ящерица, два ежика. А совсем недавно щенок у нас поселился, подобранный дочерью. Породы щенок-из-под-куста, крохотный и лизучий. Назвали его Молодежь.

Ну вот. И немудрено, что позвонил нам в августе знакомый. Говорит: возьмите кота на воспитание. Хороший, ладный кот. Укомплектованный: шерстка блестящая, хвост опять же и лапы. Четыре штуки. Есть урчальник. Встроенный. И два букета усов. Форматный такой кот, практически тигр. Живет на озере. Поезжайте познакомьтесь, а то зиму он там не переживет.

Дети взвыли:

— Ма-а-амочка! Не переживе-о-о-от!

Конечно, мы поехали на это озеро. Только подъехали — огромный черный кот с громким мявом и воем бросился нам навстречу. Как будто устал ждать — и вот наконец дождался. Он лихо вскарабкался по моим джинсам и свитеру прямо на плечо и замурлыкал. Шерстка у кота оказалась чистой, промытой, блестящей — потом мы поняли почему. Когда кот доверился нам полностью, он продемонстрировал свой главный аттракцион: разогнался, завис на мгновенье над водой, с шумом плюхнулся в озеро и поплыл, высокомерно задрав к небу мушкетерские усы. Поплавал, пошлепал лапами по воде, подцепил рыбку, приволок ее к берегу и аккуратно уложил у моих ног: получите! Положил и сел рядом, прищурив зеленые глаза и не переставая урчать. Послушав наши удивленные и восхищенные возгласы, прыгнул в воду опять, поплавал медленно, изящно, плавно раздвигая воду лапами, явно получая наслаждение. Вылез на берег и присел на ярко-зеленой траве, тщательно отряхивая каждую лапку по очереди и вылизываясь. Потом картинно пригладил усы, прогнулся тугим блестящим тельцем и опять радостно замурлыкал, щурясь на заходящее солнце.

Кот предлагал дружить. Мы ему очень понравились, и он из кожи вон лез, чтобы понравиться нам. Но что-то в нем, в этом коте, было не так — слишком легко он нас переигрывал. Вроде и морда у него такая добрая, не свирепая совсем, и намерения самые безобидные — ластился, мурлыкал, рыбой угостил, — но смотрел он на нас несколько свысока и с легким презрением.

Собственно, выбора у нас не было. Кот все решил за нас. Он спокойно забрался в машину, улегся привольно и, тщательно умывшись, терпеливо переждал наши бесполезные препирания с детьми.

Вот так мы и повезли его домой.

— Давайте назовем его каким-нибудь гордым армянским именем, — предложил сын Даня.

— Каким? — подхватила дочь Лина.

Заметьте, никто из странной нашей семьи не спросил: почему армянским, а не именем какой-нибудь другой гордой нации? Нет.

— Каким же? — Лина нетерпеливо.

— Давайте назовем его Гамлетом.

Кот встрепенулся и перелез к Дане на колени.

Гамлет так Гамлет. Теперь у кота было гордое армянское имя.

— Надо будет познакомить его с правилами нашей семьи, — важно заметил папа из-за руля.

Еще бы! Конечно, познакомим. У нас ведь в семье одно правило — никаких правил.

Главное — не обижать ближнего своего и делиться всякой радостью.

Как бы не так! Дома любезность кота как будто водой смыло. Оказалось, что смысл жизни его и наш (то есть детей, собаки Чака, попугаев, щенка Молодежи, паука Еремея — короче, всей нашей семьи) не совпали. Мы все жили потому, что жизнь — игра и праздник. Гамлет жил для того, чтобы есть, спать и копить. Если он не ел, то спал, а если не ел и не спал — значит, занимался накопительством. Время от времени наши с ним пути в доме пересекались — то в прихожей, то на кухне. Кот, не обращая на меня никакого внимания, по обыкновению озабоченно и деловито, как громадный лохматый муравей, волок что-то в зубах и прятал к себе в корзину под матрасик, на котором спал: кость, стянутую из миски Чака, мячик Молодежи, старую соску-пустышку. Даня клялся, что однажды видел, как кот тащил к себе в угол ершик для мытья посуды и мои тунисские браслеты ручной работы, таинственно исчезнувшие из шкатулки.

С одной стороны, это было даже удобно. Теперь все пропажи в доме (у нас всегда что-нибудь терялось — ключи, носки, зажигалки, карандаши) можно было свалить на кота. А с другой стороны, мы опасались, что кот научит плохому остальных членов семьи.

Заглянуть под матрасик не было никакой возможности — Гамлет отчаянно защищал наворованное добро. В наказание за любопытство мы все ходили с оцарапанными руками, а собаки — со шрамами на носах. А кот бродил по дому, как сторож по территории кондитерской фабрики, по-хозяйски поглядывая, где что плохо лежит, чтоб стянуть это — и положить, чтоб лежало хорошо.

Спал он тяжело, как смертельно уставший пожилой комбайнер в разгар страды. Вздыхал. Стонал. Бормотал свои кошачьи непристойности. Рычал. Ворочался. А иногда и хихикал.

Была у Гамлета страсть, о которой надо сказать особо: лежать на телевизоре. Там уж он включал свой урчальник во всю мощь. В остальное же время ходил с неприступным угрюмым видом. Ласкаться не лез, считал это лишним. И еще что нас потрясало в нем больше всего — он хмыкал. Вот развалится на телевизоре, бьет хвостом по экрану, прямо Брюсу Уиллису по голове, и водит за тобой глазами, подперев голову лапой, наблюдает исподтишка, прищурившись. А потом встречается с тобой взглядом — и как хмыкнет скептически — хмык! — покачивая головой. Мы все замираем в испуге, а он голову отвернет: мол, а что я — я ничего!..

Ужас просто! Мы к этому хмыканью никак привыкнуть не могли. Услышим вдруг над миской с едой это «хмык» — и я бегу бегом посмотреть. А он понюхает, и если рыба несвежая — есть не станет, хмыкнет опять же и отойдет лениво, с мордой насупленной. Просто не знали, что и думать. И как ему угодить. А собаки раздражались на его хмыканье — не передать! Рявкали на кота, подвывали, нам жалуясь, скулили, а кот на них свысока: хмык! И собаки — а-а-а-ах! Во-о-от! Опя-а-ать хмыкает! Хмыкает!!!

Хмыкал Гамлет и в ванной. Учитывая его уникальные способности, мы каждый день набирали ему полную ванну воды. Он плавал и хмыкал. Плавал с неохотой: разгуляться ему в ванне было негде, рыба в ванне тоже не водилась, да еще нервничал из-за того, что корзина с матрасиком оказывалась вне поля его зрения. Он мог что-то заподозрить и тогда мокрый сигал из ванны, несся на кухню с ворчливой бранью, чтобы удостовериться в целости своего добра, нажитого нечестным путем.

Так мы и сосуществовали. Гамлет жил сам по себе, никогда не участвовал в наших общих играх, трапезах и прогулках, и у него были какие-то свои виды на будущее. Дети даже предлагали его к родителям моим переселить, подальше от собак и всяческих соблазнов. К тому же у родителей на своих местах все лежит, и воровать коту будет сложно. Но пока мы вели переговоры о передаче кота на новое место жительства, выпал снег. И кот вдруг исчез. Никто его не выпускал, да и он особо не рвался из дому, а тут вдруг пропал.

Мы запаниковали. Опросили всех домашних, соседей во дворе. Никто кота не видел. Вместе с Гамлетом, как оказалось, исчезло все добро из-под его матрасика. И еще — самое фантастическое! — с пропажей кота обнаружилось, что из дома пропали большой пакет витаминизированного корма для собак, папирус с изображением египетской священной черной кошки, старинная фарфоровая чашка нашего дедушки с пальмами и надписью «Дорогому Борису от Риммы Фаенгольд, а также и мои родители», замороженная курица, книга Сабанеева «Жизнь и ловля пресноводных рыб» и звук у телевизора.

На следующее утро мы поехали на озеро. Долго искать не пришлось. На свежем снегу отпечатались следы кошачьих лапок: от заброшенной времянки, где летом жил сторож, они вели к воде. Оттуда, почти с середины озера, было слышно фырканье и шлепанье — кот ловил рыбу. Завидев нас, он не вышел на берег, а только презрительно хмыкнул.

...Иногда я думаю, что вместо всего этого зоопарка, который сейчас живет у нас в доме, рядом с домом, на крыше, в подвале, и тех, кого мы ездим кормить, — лучше бы все-таки купили мы нашему папе его коня. По крайней мере, хлопот, а иногда и слез в семье было бы гораздо меньше.

ЛЮБОВЬ И СЧАСТЬЕ ДЖОНА ГУРГЕНЫЧА

Я очень хорошо помню этот дом в городе у моря. Просторный, большой, он до сих пор потрясает мое воображение, потому что в этом доме — в доме моего приятеля Вили, недалеко от железнодорожного вокзала, — жили себе поживали все, кто хотел: три кота, загадочный косолапый зверь вомбат, попугай Дуремар, три собаки — Мини, Миди и Макси, смешливая австралийская птица кукабарра, юный удав Шнурок, шимпанзе Гаврила и львица Принцесса. Юная, женственная, капризная, ласковая. Очень церемонная такая девушка львица. Настоящая принцесса. А что обычно девушкам надо? Кроме восхищения, погладить и поесть? Правильно — замуж!

Кстати, полное имя Вили было Вилен, то есть Владимир Ильич Ленин. А это накладывало на него, Вильку, некую ответственность за свою жизнь и жизнь окружающих, в том числе и львицы. Он, Вилька, вообще из такой замечательно ненормальной семьи. Его папу звали Арлен, что означало «Армия Ленина». И эта «Армия Ленина» в свои молодые годы ходила в рейс. Вилька долгое время думал, что где-то есть такая экзотическая страна — Рейс. Ну да ладно! Я же не об этом. Главное, Арлен как-то умело контрабандой провозил из этой самой загадочной страны Рейс всяких экзотических животных для своего сына Владимира Ильича Ленина, то бишь Вилена. Попугай из Рейса. Обезьянка из Рейса. Папа привез змею из Рейса! Но поскольку не все животные могли жить в обычном, пусть и большом, пусть и добром, пусть и теплом, но человеческом доме (скажем, шимпанзе Гаврила), оба — и Ленин, и Армия его — наладили дружеские отношения с Джоном Гургеновичем, директором местного зоопарка. (Ну не вру я, имена здесь абсолютно подлинные, особенно Джон Гургенович, ну правда!) Джон Гургенович — человек с большим горячим сердцем — как он любил свой зоопарк, своих животных! Он, такой смешной, круглый, обаятельный увалень, всегда ходил по зоопарку в сопровождении рыженького пони. Вот идет Джон по зоопарку, а пони по имени Курага плетется сзади, цок-

цок... Джон остановится — Курага стоит, ждет, копытцами перебирает терпеливо, цок-цок... Джон пошел дальше — пони тащится за ним, челочкой трясет, цок-цок... Иногда Курага катал в тележке маленьких детей, а тут Джон Гургенович. Пони сворачивал с круга — и за хозяином. Детям весело, они смеются, визжат, некоторые боятся, и тогда Джону Гургеновичу приходилось ходить по кругу, где пони детей катают, и трусить впереди Кураги, чтобы тот настроился на работу и не бил баклуши.

Так вот эти две семьи и подружились на почве любви к животным — семья вождей пролетариата и Гургеныч. Собственно, зоопарк и, конечно, Курага — это и была семья Джона Гургеновича.

Любите ли вы животных так, как любил их Джон Гургенович? Не думаю. И как ни трудно было поставить на довольствие в государственный зоопарк странную гибкую обезьянку с повадками трамвайного щипача, Гургеныч и это сделал. Катаясь у Вили на плече, когда тот навещал ее в зоопарке, она утаскивала тихонько все, что находилось на расстоянии ее длинной руки, включая дамские шляпки, клипсы, серьги, детские панамки, заколки.

Но была у директора зоопарка мечта: очень хотел Джон Гургенович Принцессу. Львицу. В зоопарке жил лев Цезарь, старожил. И вот

Джон Гургенович захотел, чтоб были львята. И таки выпросил у Вили Принцессу на время, тем более — ей самой было уж замуж невтерпеж. Джон Гургенович клялся, что, как только родятся львята, немедленно вернет Принцессу и еще даст одного львенка из помета в качестве компенсации за эксплуатацию львицы. На это Виля согласился. Спрашивается, что может быть лучше льва в доме? Только два льва. Правильно? Согласился Виля, даже не подозревая, как коварен был Джон Гургенович.

Отвезли львицу в зоопарк. Через некоторое время родились львята. Две девочки. Прелесть! Здоровенькие, чудные, урчат. Замечательные котята. Им выделили отдельное помещение, Принцесса — на то она и Принцесса — отказалась львят кормить, брезгливо их обнюхав, и Гургеныч там пропадал у малышей день и ночь, кормил из бутылочки по очереди с ветврачами, заказал львятам импортные грелки и моющиеся матрасы с подогревом и не мог налюбоваться. И как же такую красоту отдавать, если он, входя в вольер к малышам, просто таял от нежности:

— Дэвачки мои...

А львята стали его узнавать, ковыляли к нему на плюшевых лапах:

— Па-а-па...

Вот оно, счастье-то:

— Дэвачки...

— Па-апа...

Как отдавать? Тут Гургеныча понять можно было. Львицу он со временем вернул, она все равно показала себя не лучшей матерью. А вот малышей — не торопился. Не торопился, не торопился, а потом и вовсе заявил:

— Не дам! Я их сам вскормил! Сам! Не дам, и все тут!

И назвал одного — Сихарули, что значит «счастье», а другого — Сикварули, что значит «любовь». Все! Мои!

Нет, ну вы видели такое? А Виля ведь настроился, девушкам знакомым сказал, что у него скоро львенок будет. И потом: давайте не забывать о том, что имя отражается на характере. Вилю все-таки не Гришей звали и не Васей. Вокзал, телеграф, мосты — это запросто. И Виля понял, что промедление смерти подобно, и решил львят похитить. Подключил старшего вождя Арлена, разработали стратегию, ночью пролезли в зоопарк, вскрыли вольер, украли малышей, сонных, завернув в старые одеяла.

Ой, что было! Наутро в городе завыло... Все милицейские машины с мигалками и сиренами, автобус с военно-морскими десантниками, солдаты на грузовике «Урал» в бронежилетах, уголовный розыск, ветврачи с комплектом шприцев и снотворного — вся эта свадьба подкатила к Вилиному дому: Гургеныч знал, где его Сихарули и Сикварули, любовь и счастье, не надо было и расследование проводить. Он сразу понял. Он несся впереди автобусов и машин в сбившемся набок галстуке, на своих коротких ножках, потный, встрепанный, со слезами на глазах, причитая: «Дэвачки мои, дэвачки, вай, дэвачки мои, дэвачки!!!» — и первым ворвался к Виле во двор. Предусмотрительно выпущенные боксеры Мини, Миди и Макси при виде Гургеныча приветливо завиляли обрубками хвостов. Львица в вольере лениво, скорее для проформы, рыкнула. Виля спокойно дремал на веранде. Военные оцепили дом.

— Ливяты-ы!!! Гыдэ ливяты?! — вопил Гургеныч, тряся Вилю за грудки. — Украл! Гдэ ливяты?! — И, услышав знакомое, дорогое сердцу урчанье и мурлыканье, бросился в глубь дома.

Львята в отгороженном углу играли, боролись и делали все, что положено делать львиным детям в их возрасте.

— Дэвачки! Дэвачки мои!!! — расплакался Гургеныч.

— Это не твои девочки, — сонным голосом пробормотал Виля за его спиной. — Это вообще не девочки, — добавил Виля, потягиваясь, кряхтя и зевая.

— Нэ дэвачки? Как — нэ дэвачки? Нэ дэвачки?! А кто?!

— Мальчики. Это мальчики.

— Малчыки?! Малчыки?!

В это время один из львят прыгнул на хвост другого львенка, не устояв на лапах, перевернулся на спинку и...

— Ма-а-алчык... — ошеломленно выдохнул потрясенный Гургеныч. — Ма-а-алчык... А дэвачки гдэ? Гдэ мои дэвачки?! — взревел Гургеныч.

— Не знаю! — пожал плечами Виля. — Понятия не имею, где девочки...

Гургеныч не верил глазам. Не верил Виле. Не верил Арлену. Никому не верил. Понимал, что обводят его вокруг пальца, не понимал как. Устало осел он в углу, где играли львята, отдуваясь и заглатывая предусмотрительно принесенные ему сердечные капли, оглядывая малышей и повторяя:

— Малчыки... Как — малчыки? Где же дэвачки... Вай, дэвачки мои, вай...

Оцепление сняли, машины и автобусы разъехались. Серьезные ребята из уголовного розыска еще немного побегали, покопались, поспрашивали, ежедневно рассматривая львят на предмет изменения пола, но пришли к выводу, что в самом зоопарке произошла какая-то путаница, и дело по хищению львят из зоопарка закрыли.

Виля долго не признавался. Пока у него не изменились планы: он женился и принял решение уезжать. Куда — не знаю. Видимо, куда-то в таинственную страну Рейс. И пришлось подросших львят в цирк пристраивать, а львицу — в какой-то южный зоопарк, потому что она, однажды выйдя замуж, стала агрессивной и непредсказуемой. И остальную живность по знакомым раздавать. И только когда Гургеныч, подняв все свои связи, пристроил животных в хорошие руки, Виля, распивая с ним по случаю отъезда бутылочку хорошего коньяка, размяк и признался. Оказывается, украв из зоопарка маленьких львиц, Виля немедля погрузил их в свой фургон и помчался в Тирасполь — тогда еще не ближнее зарубежье, а ближайший город, где его друг, Костик Бурсак, тоже ходивший в таинственную страну Рейс, держал зверинец. И там, на Вилино счастье, как раз родились львята, два мальчика. Виля благополучно поменял на время «дэвачек» на «малчыков» и, не выспавшийся, но довольный, привез их домой и своей невозмутимостью чуть не довел Гургеныча до умопомешательства. Гургеныч и возмущался, и хохотал над Вилиным рассказом, но простил — дела теперь у него были поважнее. В зоопарк привезли слоненка. И такой оказался он смышленый и талантливый, такой забавный и ласковый, что к Гургенычу опять пришли в душу и сихарули, и сикварули. И счастье, и любовь.

УТРЕННИЙ РАЗГОВОР С МОЦАРТОМ

> «...Котам обычно почему-то говорят «ты», хотя ни один кот никогда ни с кем не пил брудершафта».
>
> М. А. Булгаков.
> «Мастер и Маргарита»

Доброе утро, Моцарт, доброе утро! Ах, один только вы смогли бы понять и оценить, как красива и разнообразна жизнь во всех своих проявлениях. Особенно ранним утром. Пьянящий горный воздух. Яркость чарующих осенних красок. Хрупкая тишина. Слышите? Взволнованная трескотня сороки... стук дятла... удивленное воркованье горлицы... скандальное чириканье воробьиной стайки... Прозрачность воды в реке. И удивительный покой. Как замечательно вот так вот сидеть на крылечке и потягивать кофе из красивой чашки. А рядом вы, Моцарт, с уморительно-сосредоточенным видом вылизываете, старательно растопырив, вашу мягкую когтистую лохматую пятерню. Вылизываете свою ладошку и жужжите, как пчела. Ваша грудка под моей рукой, когда я вас глажу, то вздымается, то опадает, то вздымается, то опадает. И делаете вы вид, что все это не о вас, мой дорогой, совсем не о вас. Ну что ж...

Вы помните, как вы пришли к нам в дом? Правильно. Из семьи нашего давнего приятеля вас принесли месячным котенком. И если бы не мы, вы, Моцарт, так и остались бы просто котом по имени Кот. Потому что в том доме бывшего военного, чтобы не засорять память и эфир, всех домашних звали просто и отчетливо (я уже как-то писала об этом и вам читала, Моцарт, вы же помните?): жену Женой, сына Сыном, собаку Собакой, попугая Птичкой. Разве только тонкорунную овцу, доставшуюся по случаю, овцу, взятую специально для рукодельницы-тещи по имени Мамаша, чтоб вязать из овечьей шерсти носки, свитера и шарфы, овцу эту почему-то назвали витиевато — Кюлле Спирро Куухканмяаре.

Представьте только на секунду, какая судьба ждала бы вас в том доме? Не какая-нибудь овца. Просто кот. Кот по имени Кот. Заставили бы работать — мышей ловить. Или того хуже — например, подвал охранять. И все. И никто бы вас не гладил. И ваш позвоночник бы окостенел. И шкурка потускнела бы и облезла. Говорят, если кота не гладить, он сразу начинает болеть, сразу. Да что там... Поверьте, Моцарт: если человека не гладить, с человеком происходит то же самое, то же самое. Даже еще хуже — если не гладить человека.

И вот наконец вы у нас поселились. Жалкий, тощий... Мы бросили все силы, чтобы поднять вас на ноги. То есть на лапы. Вас назвали Моцартом за легкий приветливый нрав, изобретательность, ум, доверчивость и — что скрывать — запредельную любвеобильность. Мужская половина нашей семьи даже где-то гордилась: все самые лучшие кошки квартала были наши. Одна из них — грациозная красавица-полуегиптянка, роковая Фатима с узкой талией из очень уважаемой семьи главного инженера мясокомбината — даже, поправ всякую гордость, приходила время от времени к нам, царапала дверь и вопросительно, с надеждой спрашивала своими лукавыми восточными очами: «А Моцарт выйдет? Вольфганг Амадей?» А вы, коварный, делали вид, что вас это не касается, и невозмутимо умывались, слюнявя лапу и сердито пыхтя.

Не знаю, не знаю, что в вас находили все эти дамы. Подумаешь, зеленые глаза! По мне, так вы вообще напоминали неладно скроенную болонку с пушистым хвостом, по-собачьи кольцом закрученным на спину — результат врожденного перелома. Правда, от этого ваш внушительный, вихляющийся при ходьбе задик в пушистых меховых штанах приобретал довольно солидный и уверенный вид. Я уж не говорю о вашей сообразительности. Все домашние клянутся, что никто не тренировал вас сбивать при звонке трубку телефона, но вы же как-то пришли к этому самостоятельно, самоуверенно полагая, что если звонят к нам домой, то именно вам. И на каждый звонок телефона вы неслись стремительно, громко топая, чтобы снять трубку. И в результате начальник нашего папы делал ему замечания, что такой солидный глава семейства, чтоб отлынивать от обсуждения насущных проблем, мяукает в трубку, чем внушает некоторое недоумение по поводу своего душевного здоровья. Вы были невоспитанны, Моцарт. Вы кидались на еду, как будто вас кормили год назад. Вы чавкали, сопели, урчали, кашляли, хрюкали и рычали на всех, кто находился в радиусе метра от вашей миски.

Вы, игнорируя ваш шикарный немецкий ароматизированный туалет, перерыли лапами все мои домашние растения, осыпав ковры землей. Вы полюбили с упорством совестливого агронома копаться в горшке с редчайшей орхидеей и погубили ее, нежную.

Вы удирали из дому и сопровождали меня повсюду, как собака. Вы провожали меня на работу, а если удавалось — тихонько забирались к нам в машину, и мы обнаруживали вас, только когда приезжали куда-нибудь, в лучшем случае на озеро, на речку, в лес, а иногда и в театр. Приходилось ехать назад, отвозить вас с почетом домой. Правда, марки машин, а тем более цвета вы разбирали плохо, и обоняние вас подводило, — машины часто пахнут почти одинаково. Поэтому вы иногда по ошибке запрыгивали в машины к нашим гостям, и мы, видя в заднем стекле удаляющейся машины вашу самоуверенную глумливую морду или мелькнувший характерный хвост колечком, быстро прыгали в свой автомобиль, чтобы догнать друзей и забрать вас обратно. А помните, как вы сопровождали нас в зоопарк? И ведь мы ехали далеко, в соседний город, — не везти же вас было обратно! Пришлось взять вас с собой. И служительница у входа спросила, в каком качестве мы вас, Моцарт, принесли: в качестве питания для хищников или в качестве посетителя. Конечно, в качестве посетителя, заорали дети. Тогда покупайте билет, отрезала служительница и, смерив вас взглядом, милостиво разрешила: можно детский.

Да, Моцарт, вы доставляли нам немало хлопот. Но тот поступок, когда в мое отсутствие вы открыли холодильник, нашли большой пакет с корнями валерианы и в течение получаса понадкусывали все, что было в пакете, запив свежеприготовленной настойкой валерианы нашей бабушки, сделанной впрок на целый год, — так вот тот поступок не поддается описанию!

Когда мы пришли домой, мы застали безотрадное зрелище. Что и говорить: в нашем респектабельном квартале не каждый день увидишь пьяного кота. Да, по вашей кривой плутоватой морде было видно, что вы целую вечность так не веселились. И когда вы, Моцарт, нас увидели — надо отдать вам должное, вы не обратились в бегство, нет, зачем! — вы издали радостный ликующий мяв, дружелюбно предлагая присоединиться к вашим гарнизонным развлечениям. И куда делось ваше врожденное достоинство, ваша солидность и значительность? Это вы довели соседских кур до коллективного нервного припадка и загнали их всех, спятивших от страха, на самую высокую во дворе акацию. Это вы напали на сидящую на цепи соседскую кавказскую овчарку и в валериановом угаре и порыве безнаказанности оцарапали ей, растерявшейся от такой наглости, всю морду. Это вы стянули с соседской веранды, прямо с воскресного праздничного стола, на глазах у хозяев и гостей целую жареную утку. Вы-вы! За вами же с этой уткой просека тянулась прямо к нашему дому.

На пиршество собрались собаки и коты со всех окрестностей. Согласитесь, вы были здорово пьяны, Моцарт, вас шатало из стороны в сторону, вы икали, вы с наслаждением извалялись в грязи, вы осыпали отборнейшей бранью всех знакомых кошек и собак округи, вы спровоцировали драку и даже бросали злобные взгляды в мою сторону, в мою! Я ли вас не кормила, не поила, не ласкала, не купала, не расчесывала, не лечила? Не я ли сидела с вами ночью, когда у вас болело ухо, сидела и гладила вас по жаркому от температуры тельцу? Неблагодарный! Вы вели себя самым недостойным образом, Моцарт. А главное, мужчины нашей семьи, наблюдая ваш бесконтрольный пьяный разгул, глубоко задумались и где-то, как мне показалось, даже позавидовали вам втайне. И тогда я заперла вас в кладовой для вашей же пользы. Вы, конечно, опешили, и оттуда, из-за двери кладовой, еще долго слышалось ваше злобное подвыванье, грохот и возня. Я просидела на корточках у этой двери до полуночи и подглядывала за вами в замочную скважину. И наконец вы, привольно раскинувшись в старой детской коляске — фу! какое же это было неприглядное зрелище! — уснули, похрапывая и причмокивая во сне. Позор, Моцарт! Наш кот, наша гордость и надежда, наше упованье и чаянье напилось пьяным!!! Конечно, наутро передо мной предстало самое несчастное в мире существо. С обескураженным выражением на морде вы, мыкая ваше похмельное горе, повинно заглядывали мне в глаза, без сил валялись на подоконнике, кряхтя, вздыхая, иногда прикладываясь к миске с молоком, хлебая его, как пьяница рассол. Да-а, добрая была попойка. Ну что там... Кто старое помянет — правда ведь, Моцарт?

Вы, Моцарт, вы — все же удивительный, вы — кот с чистой и благородной душою, такой смышленый и обаятельный! Помните, как-то весенним утром вы принесли мне в подарок мышь? Прямо в постель. Завтрак в постель — какой шикарный и щедрый жест, Моцарт. А как вы нянчили подкинутых нам котят, и они, выстроившись цепочкой, семенили за вами по пятам и искали на вашем мягком пузе источник пропитания, приняв вас за мать родную, которую вы вместе со мной и моими детьми им заменили! Образчик солнечного бескорыстия! А как бесстрашно вы поймали громадную саранчу, влетевшую к нам в окно и испугавшую моих детей, поймали и победно схрупали ее своими белыми острыми зубами! А как вы облизывали и грели коленку моего сына, когда он повредил ее на тренировке по футболу! А как вы любили

Ирину Понаровскую! Как же вы ее любили! Вы замирали безмолвно перед телевизором, когда она пела, а потом легонько — ах, шалун! — ловили на экране лапкой ее яркие губы... Вы украшали нашу жизнь, Моцарт. Вы наполняли ее радостным смыслом. Ласковый и доверчивый наш Моцарт, вы даже и представить себе не можете, как мы скучаем без вас... Без вашего мурлыканья и топота. Без ваших игр и сельскохозяйственных работ в горшках с растениями, без вашего ласкового тепла, без вашей живой тяжести у нас на коленях по вечерам...

Пустота внутри, с тех пор как вы ушли от нас, Моцарт, не исчезает вот уже много дней. Вы ушли от нас, пощадив наши сердца, ушли, чтоб мы не видели ваших страданий, ушли куда-то туда, где обитают такие же веселые, умные, общительные, великодушные и обаятельные коты, как вы, Моцарт. Никто не поймет, как может быть прекрасна жизнь, когда вы рядом. И как горько, как горько можно печалиться по коту... И вот утром, когда я выхожу на крылечко, я как будто разговариваю с вами, вспоминая вас и ваши чудачества, я как будто глажу вас по вашей мягкой спинке и слушаю вашу утреннюю песенку... Ах, Моцарт, Моцарт... Какое прекрасное утро, Моцарт, доброе утро, Моцарт...

ТОЛИК И МИШАНЯ

В тот день в нашем маленьком прикарпатском городе был храмовый праздник. И в такие дни у нас никто даже не пошевелится, чтобы чего-нибудь поделать, лишь бы не отдыхать. Наоборот. Все закрывается — учреждения, конторы, офисы, магазины, мастерские, рынки. Больные не болеют, роженицы не рожают, сапожники не тачают, ткачи не ткут, швеи не шьют. Тихо. Никто тяжелей рюмки ничего не подымет.

Тут один в храмовый праздник взял в руки лопату червей накопать для рыбалки. Так соседи с ним полгода не разговаривали. И если потом дожди или засуха, на него обижались, говорили, мол, это потому, что ты, Бронька Кордонский, в храм копал. Вот как строго у нас с этим.

Праздник. Трембиты гудят. Колокола звонят. А как это красиво! Рано утром идут через подвесной мостик «люды» в вышитых сорочках, в шляпах зеленых с перьями, торжественные, величавые и значительные, как пряники. Идут не торопясь в церковь Святой Параскевы. За «людьми» шествуют «жиночки» в бусах и платках солнечной яркости, за ручки ведут нарядную детвору. Мальчики одеты как «люды» — важные, высокомерные, в больших шляпах на красных смятых ушах, девочки — как «жиночки», чистенькие, аж светятся, оробевшие, притихшие, в платочках и юбках длинных, в новых туфельках. В полдень гурьбой идут обратно. «Люды» потирают руки в предвкушении хорошего и долгого застолья. А уж вечером отовсюду музыка — скрипки, барабаны, визг и уханье разгулявшихся танцоров.

На следующее утро хозяйки пошустрее рано утром выходят на речку Пистеньку полоскать белье. От этой воды в реке те самые вышитые сорочки, скатерти и рушники становятся белыми-белыми, а вышивка дивная — густой и сочной. Полощут в реке жиночки белье, иногда и всхлипывая, стыдливо прикрывая платками синячок под глазом, — погуляли. Праздник был. Храм.

Вот именно в такой храмовый праздник дети нашли в лесу по дороге из храма выпавшего из гнезда орленка. Орелика. И куда его? Школа закрыта. Ветлечебница тоже. Понесли к Мишане, Михал Григорьичу, председателю райисполкома. Хороший он парень, этот Мишаня, долгих лет ему жизни. А что? И среди предисполкома у нас замечательные люди встречались. А что Мишаня хороший, так дети к плохому орелика бы и не понесли.

И что Мишане с ним было делать? Храм. Праздник же. Сколько можно повторять. Отвез к теще, на окраину города. У той двор, хозяйство. Поместили орелика в сарае. И со временем (беркут оказался) нарекли его гордым восточным именем Аятолла. Правда, потом за приветливость и покладистый нрав перекрестили в Толика.

Вот у Мишани семья — золото! Даже теща редкостная. Она, Мишанина теща, вообще всякую живность любила разводить. У нее как-то свинья Донна Бейджа, молодая совсем, вдруг кашлять начала. Кашляет и кашляет. Натужно так. Ну прямо как человек. А в городе, как специально, опять праздник. Опять никто не работает. Тем более у ветеринара Оксаны свадьба. С ветеринаром Серафимом. И все ветеринары на эту свадьбу званы. А свинью-то ведь жалко, просто ужас как. И что же? А Мишанина теща свинью давай травками отпаивать и банки поставила. Решила, что не повредит. Так знаете что?! Все вокруг умирали от смеха (выпили ведь уже — праздник), вся округа у Мишаниной тещи на заборе висела и на Донну Бейджу смотрела, что она с банками на спине, как бронтозавр какой-нибудь. А потом, когда банки сняли, ходила Донна Бейджа, свинья, в крупный горошек, — ее даже сосед на видеокамеру снял, кинозвезду-воображалу. Зато кашлять перестала. Так что теща Мишанина была человеком понимающим и против орелика не возражала.

Орел Толик рос с курами. Приятельствовал со всем двором, вступал в пререкания с индюками, наведывался в свинарник к Донне Бейдже и задирал кота, бывалого хулигана Васыля. Души не чаял в Мишане. Поджидал его по вечерам, восседая с петухом на заборе.

Летать Толик не спешил. А бегал! Не хуже собаки. С бешеной скоростью. Мишаня приучил его сидеть на руке, одетой в боксерскую перчатку. Сначала ничего, но потом Толик отяжелел. Не сокол ведь мелкий — беркут, самый большой орел в птичьем мире. Да еще вареники наворачивал, винегрет с большим удовольствием. И у свиньи угощался чем бог послал. И у домашней птицы. И все, что Мишанины дети ему приносили. Такой красавец — изогнутый острый клюв, блестящее шоколадное оперение, цепкие хищные когти и суровый гордый взор, — разбойник получился из Толика хоть куда. Орел, одно слово — орел!

Мишаня выезжал с Толиком за город, в поле, на своем «уазике», подбрасывал орленка на руке. Тот чуть болтался в воздухе, лениво-неуклюже водя крыльями, — и все. Нет, ну что это?! А летать?

— Что ж ты, брат, — возмущался Мишаня, — как тебе не совестно пешком ходить? Ты же, Толик, наше национальное достояние! — убеждал Мишаня орла. — Твой портрет, Толик, изображен на гербах! Ты же царь птиц, Толик! Ты беркут — а с индюками водишься! Со свиньей дружишь, хоть и с Донной Бейджей...

— Клек! — огрызался бестолковый Толик. — Подумаешь!

— Ты же символ могущества и власти, Толик, а питаешься винегретом. Тебе не совестно? Ты кровавую пищу должен клевать, Толик!

— Клек, — стыдливо опускал голову Толик и продолжал любить то, что ему дают дома.

Прошел год.

— Летать — это дар божий, это наслаждение, — с глубоким знанием дела инструктировал Толика Мишаня.

Он вышагивал по полю, а следом за ним, не отставая, обреченно и уныло тащился Толик. И так они гуляли вдвоем, мирно беседуя о вечном, закинув за спину кто руки, кто крылья.

— Где ж мы тебе пару найдем, если ты не будешь летать и охотиться? — озабоченно чесал затылок Мишаня. — Нам ведь надо приумножать численность беркутов в нашем регионе. Что ты себе думаешь?

— Клек, — смущался Толик, — так мне ж еще рано вроде...

— Ведь беркут, Толик, выполняет роль санитара и приносит пользу природе и нам, людям. А человек, Толик, венец природы.

— Клек, — удивлялся Толик, — а я тогда кто?

— Вот именно! — парировал Мишаня.

Пришлось Мишане, упорному и неутомимому, идти на крайние меры. Поехали они с Толиком на «УАЗе» в «Приют четырех» — это такая маленькая перевалочная база для охотников и туристов есть у нас, хатка деревянная, одной стеной к скале прилепилась. Мишаня забрался с Толиком на руке на самую верхотуру горы и сбросил его с перчатки прямо вниз. Толик ухнул в пропасть, как мешок с картошкой, но вовремя одумался, — он сообразительный, наш Толик. И взмыл в небо.

— Клек! Клек! — ликовал Толик. — Я лечу! Гляди, Мишаня, я лечу!

— Чтоб тебя, — благословлял Толика Мишаня, растроганно покашливая, — наконец-то!

Так Мишаня научил орла летать.

Прошло два года. Держать орла на тещином подворье становилось небезопасным. И хотя Толик вел себя миролюбиво, соседи начинали роптать, опасаясь за своих цыплят. А Толик вымахал в такую громадину, что пугал своим видом детей, почтальонов, контролеров и агитаторов. Правда, однажды Толик, к всеобщей радости, шуганул Косую Грету, да так, что та потеряла свой дар, переданный ей от бабок и прабабок по наследству.

Не любили ее в городе. Между нами, непростая была старушонка, зловредная. Ее побаивались и старались с ней не ссориться, чтоб порчу не навела. Целыми днями Косая Грета бегала по городку, юркая, маленькая, жилистая, с острыми мелкими глазками, глядящими в разные стороны света, ругалась и ссорилась со всеми. И плевала. Порядочная змея была эта Косая Грета. Где плюнула, там жди неприятностей. А вы думали? У нас в Карпатах столько намешано, не разберешься: колдуны, ворожки, духи, голоса, змеи летучие, опришки — ой, столько тайн, только ходи, слушай, смотри и записывай! Так Косая Грета каждое утро из своей Чертории — село такое есть в горах, Чертория (а я что говорила!), — чесала в город, как на работу. Плеваться. А вечером — назад. И не заявишь же на нее в милицию, что она бегает и плюется.

И вот Мишаня как-то едет в «Приют четырех» Толика выгуливать и учить охотиться на мелких грызунов и животных побольше, а по дороге бойко семенит Косая Грета, руками размахивает, раскраснелась, крепенькая такая, энергичная, полная сил. Мишаня, добрая душа, пересадил Толика назад и остановил машину:

— Садитесь, жиночка. Подвезу.

Косая Грета шустро запрыгнула, а бестолковый Толик, любопытный, не может же тихо сидеть. Через ее плечо перегнулся и своей башкой Косой Грете в лицо.

— Клек? — спрашивает. — Как дела, бабка?

Та как сиганет из машины в открытую дверь — хорошо, машина еще скорость не набрала, — и ну улепетывать в обратную сторону, как заяц какой-нибудь, только ее и видели. И все.

С тех пор, всем на удивление, притихла Косая Грета. В храм стала похаживать, бродячих кошек и собак подкармливать. Ну Толик! Ну орел!

После этого случая многим мысль приходила в голову Толика портрет на герб города поместить. В профиль.

А тут подоспела третья Толикова весна. И когда она достигла пика, эта чаровница легкомысленная, и ароматы согретых солнцем цветущих деревьев и трав кого угодно уже могли свести с ума, она, эта весна, наконец задела и чистую душу нашего Толика.

Ездили они с Мишаней в лес. Мишаня отпускал Толика — лети! Куда-куда... Туда, Толик! Туда, где за тучей белеет гора, Толик... Думал Мишаня: уж улетит так улетит. Сейчас точно не пропадет. Лети, брат, куда глаза глядят! Толик взлетал, и зоркие его глаза с самой высоты видели только крышу удирающего в город Мишаниного «уазика». Толик легко догонял и перегонял «уазик» и, прилетая раньше Мишани домой, мирно встречал его, сидя безмятежно, как и прежде, на заборе рядом с петухом.

И однажды Мишаня с Толиком наконец увидели ее, зависшую над пропастью как на ниточке, распахнувшую мощные искрящиеся крылья, — ее, юную орлицу-беркута. Затрепетало сердце потрясенного Толика. Еще бы! Страшно он был в себе не уверен, чувствовал себя эдаким увальнем, вскормленным в неволе. Но Мишаня — настоящий друг Мишаня — внушал ему:

— Ты что, Толик?! Ты же орел! Не дрейфь, Толик, давай!.. Женщины, они ведь как, — рассуждал Мишаня, из-под ладони наблюдая за полетом орлицы, — они песни разные любят. Льва Лещенко, например...

— Клек! — возмутился Толик.

— Ну или кто кого, — неопределенно согласился Мишаня. — Разные женщины любят разные песни. Ты ж птица, Толик, спой ей что-нибудь свое, давай!

Два дня подряд ездили Мишаня с Толиком ухаживать за молодой орлицей-беркутом. А на третий день рано утром Толик улетел. Сам. И больше не возвращался.

Мишаня и вся его семья, и даже теща Мишанина, затосковали. Мишаня ездил в «Приют четырех». Но орлов там уже не увидел. И понимал, что Толику хорошо, что Толик счастлив, но душа все равно была не на месте. Привык.

Да... Беркуты — птицы загадочные, гордые и мудрые. А еще верные. Любят раз и навсегда. Потому что понимают, что их свободная, пронизанная синими горными ветрами орлиная любовь делает их, беркутов, бессмертными. Так что тут выбирать надо: или вареники с винегретом каждый день, или вечность. Тут уж кто что выберет.

КУРОЧКА РЕБЕ И ДРУГИЕ

Этюды о братьях и сестрах наших меньших

Этюд 1

ВСТРЕЧА

Однажды в школе на уроке биологии я встретилась с дафнией, в просторечии водяной блохой. Обычно девочки всегда боялись уроков биологии. Во-первых, наша учительница показывала все на себе, на своем организме. Пробегала пальцами по ребрам, позвонки демонстрировала, изворачиваясь, прямо как йог какой-то. Хвост еще... Потом как устроены зубы у травоядных и у хищников. И еще, помню, она показывала сумку у сумчатых, и даже прыгала для убедительности, как кенгуру. Очень артистичная была учительница. Умела кричать разными звериными голосами, петь как соловей... А девочки наши боялись, что вот они будут в микроскоп смотреть на всяких насекомых и могут сознание потерять. А я — нет, не боялась совсем. Я вообще считала, что, наоборот — от одного вида моей одноклассницы Кошковар Раи как раз все червяки должны в обморок падать. Такая Рая эта Кошковар была обманщица и лентяйка...

И вот я встретилась с водяной блохой. Взглядами. Знаете, мне тогда показалось, что остановилось время...

— Гончарова, это дафния...

— Дафния! Это Гончарова...

— Здравствуйте, — мысленно поклонилась я.

— Ладно, если получится... — кивнула дафния.

Мы с любопытством смотрели друг на друга, находясь по разные стороны микроскопа. Я ее видела увеличенной, она меня — умсньшенной. Мы были друг для друга одинакового размера. Я смотрела на нее с вежливым интересом. Она смотрела на меня печально и обреченно, такая одинокая... прозрачная... мокрая...

Этот факт поразил меня в самое сердце...

Этюд 2

ОЧЕРЕДЬ В КРАСНУЮ КНИГУ

Как-то у меня родился вот такой сюжет. К бюрократу приходят по очереди животные и просят, чтобы их записали в Красную книгу. Потому что Красная книга — это ведь как охранная грамота, как бронь во время войны, это почти как пенсия служащего госаппарата. Привилегии там... В транспорте бесплатно опять же, скидки в ветлечебнице, прививки, корм. Медали... Юбилейные...

Звери, птицы, насекомые, рыбы всякие, земноводные прослышали, что записывают, побежали, в очереди толкаются, удостоверениями размахивают:

— Я в цирке работала двадцать лет тигром! Меня без очереди!

— Кошка драная! Знаю я, кем ты работала!

— А ты свинья!

— Да, я свинья! Я мать многодетная! И дважды вдова! Даже четырежды!

Приходят ребята записываться в Красную книгу: ежик пьяный — отец-одиночка, жена села на иглу, совсем домом не занимается... Истеричная коза пришла, рыдает, умоляет, на жалость давит, муж-козел...

И время от времени прибегает какой-то суетливый чиновник и предупреждает бюрократа:

— Вы помните, я вам говорил — лось! Лось — это обязательно, это обещано. Для лося — акция, чтоб если что... Акция!

И бюрократ пугается и путается, у всех зверей растерянно спрашивает:

— Вы лось? Нет? Свободны! Следующий!

И тогда звери-птицы-гады быстро ориентируются и все говорят:

— Да-да! Я лось, лось я!

Входит кролик, говорит, что он лось. Потом ящерица, внучатая племянница лося... Лягушка пришла, мялась, смущенно намекала на какие-то свои особенные отношения с лосем... А бюрократ такой умотанный, в круглых очках и нарукавниках... И прическа «внутренний заем».

А вот приходит ослик. Растерянный маменькин сынок. Его прислали из дому, родители ему сказали:

— Иди, запишись в Красную книгу, ослик, это очень полезно для здоровья, понял? Нам-то все равно, а тебе среди них жить. Они же и так на нас ездят, а могут вообще залезть на голову.

«Они» — это мы с вами... Ослик послушно кивнул и потащился записываться. Бархатные ушки, глаза такие большие, влажные, как будто он только-только плакал. Все животные в приемной расступились, такой он милый и беззащитный пришел. Стали его, глупенького, опекать, советовать, что лучше сказать, если что. Растерялся ослик. И все время перезванивает маме, чтобы она помогла ему ответить на вопросы, где его хвостик, когда у него день рождения, какой он вид, млекопитающее он или рыба, парнокопытное или примат и т. д.

— Мма, это я... Мма, я хищник? Нет? А че? А-а-а... Я кушать хочу... Потерпеть? А-а-а... Мма, а я лось? Нет? А ты? Ну че ругаться сразу, ну че обзываться? Мма, я только спросил, а ты сразу — осел, осел...

И расплакался.

Приходит белка. Бюрократ ей устало, глядя над очками, не выпуская пера из пальцев:

— Какие у вас, гражданин белка, основания записываться в Красную книгу? Льготы хотите незаслуженные?

А белка в позу:

— Чего?! Да ты знаешь, кто я?! Я «Милку» делаю!!! Орехи в шоколад *вковыриваю*!!! Я в нашем бизнесе — главный бобр! Я главная по бобрам! Тружусь, не покладая лап. Я — производитель, понял?! Сам ты лось!

Курица пришла, такая деревенская тетя в платочке, уютная, но хитроватая. Принесла в платочке яйца. Не свои — гусиные. Стянула у соседки-гусыни, наверное. Говорит «Я вам от всей души...» А бюрократ: «Ой, оставьте меня, знаю я вашу куриную душу... Что я, куриц не знаю, что ли...» А она с гордостью и горечью:

«Да что вы понимаете, бюрократ вы в очках и нарукавниках! Сидите тут! Я же не рядовая какая-нибудь курица-бройлер, я — курочка ребе!» Бюрократ: «Чего? Какая еще ребе?» — «Да не какая, какого! Нашего ребе. В сарае я у него живу. Он, конечно, добр, но у него семь дочерей. Одна другой краше. Кровь с молоком, такие девушки... И все они не прочь кушать куриный суп... Прошу оградить путем записи в Красную книгу».

Потом пришла кошечка. Кокетливая, пушистая, в янтарных бусиках на шее под цвет глаз. Говорит: «Запишите собаку Васю как вымирающий вид».

— Как? — это бюрократ удивился: какое благородство, не себя записывает, а собаку Васю. — Но собака разве вымирающий вид?!

— Конкретно собака Вася — да. Если завтра с утра опять сунется к нам во двор, тут же и начнет становиться вымирающим видом. Начнет вымирать прямо с шести утра, это я гарантирую, так что лучше записать. А кто он там, Вася, лось или не лось, мне как-то безразлично! Ему все равно крышка!

Стая уток, скандальные, крякают, толпятся. Говорят, мол, Лилька-дура, запустила нас на озеро, наняла двух в тюбетейках нас охранять, а они каждый день по утке едят и песни поют про наманганские яблоки, очень ароматные. Уже тридцать уток съели... Остальные в панике.

Ну дальше. Идут, ползут, летят... Горбатый кит всех распихал, еще бы, такой вес... Как песню завел... Печальную песню... «Разлука ты, разлука...» Хоть не лось, а куда денешься — записали...

Наконец последней приходит птица Додо — самое неуклюжее, самое добродушное и беспечное в мире существо, практически вымерший вид, последняя, единственная на планете Додо, нелепая, нежная, нехитрая, доверчивая, редкая дура. Мозги — не самое сильное у нее место. Самое сильное — ноги. Додо — отменный ходок. Нет, не в смысле женщин, а в смысле — не рождена летать. И не пробовала даже. Додо выстаивает гигантскую очередь, а ее, конечно, не записывают, потому что «вас много, а страниц в Красной книге мало. Тем более вы не лось. Свободны!»

И Додо, подволакивая большую мосластую ногу, понурившись, навсегда уходит в туман, в никогда.

Этюд 3

ЛЮБОВЬ. ЕЕ ПОРЫВЫ

А теперь о высоких отношениях. Вот вы обсуждаете, как юный подвижный юркий эстрадный кумир волочится за умудренной опытом волоокой степенной примадонной... И спрашиваете почему?

А если это любовь, граждане?! Вот вы, вы, в шляпе... Вот вам ведь пиджачишко ваш кто-то выгладил? И брюки... Кто-то... А-а-а... Любовь.

А теперь в природе... Гусь полюбил овцу... Кот — лошадь. Дельфин — русалку... А вот собачка моя знакомая... Портянка.

Портянке вообще никто не мил... Он печален, мрачен и одинок, как лорд Байрон. Черный пекинесик Портянка безнадежно влюбился в игрушечного кота. Пытался приударить за ней... Нет, за ним то есть... Волочился за ним, как какой-нибудь Казанова, и настойчиво добивался взаимности. А что такое? Любовь, граждане! Портянка в глаза пластмассовые выпученные котовьи заглядывал, хвостом мотал, мячик свой преподносил, играть приглашал, словом, выплясывал перед возлюбленным животным весенний танец журавля. Кот плюшевый, оранжевый, мейд ин чайна, с наглой тупой мордой и со встроенным голосом на батарейке. Его только заденешь — он, идиот, начинает хохотать как чокнутый. Портянка только примостится нежничать, обнимать, обнюхивать, а кот начинает оскорбительно гоготать и глумиться. Портянка пугается и обиженно прячется под диван... О! Бедный рыцарь наш влюбленный...

У него уже комплекс неполноценности выработался... Безответная любовь такая...

А на улице во время прогулки вообще перестал интересоваться дамами, видимо, боится: а вдруг они насмехаться над ним будут, хохотать...

О-о-о... Мужчины поймут...

Этюд 4

БЕЛОКРЫЛЫЕ ЛОШАДКИ

Немного о пернатых. Значит, один охотник, то есть личность мне крайне не симпатичная, однажды был тотально ну как бы поделикатнее сказать... ну физически оскорблен птицами. Это моя любимая и просто уникальная история. Значит, этот Витя поехал охотиться на уток, что ли, или еще на кого-то... А там рядом было большое лебединое озеро. Туда обычно всех официальных гостей вывозят, особенно зимой. Аттракцион называется «кормить лебедей». С загадочным видом местное начальство предлагает гостям:

— А сейчас у нас сюрприз, только надо заехать в булочную и купить белого хлеба.

Гости удивляются, мол, чего это... Покупают. И потом едут на озеро. А там везде лед, а в полыньях плавают красавцы — две пары белых лебедей и пара черных. Сытые, должна заметить, потому что гостей в области у нас много, особенно в период предвыборной кам-

пании. Кандидатам здесь как медом намаза-
но, потому что именно от нас частенько все и
зависит — ну как, то есть за кого именно, мы
свою бумажку бросим. И вот чиновники, кто
помельче там, всякие заместители, инспектора районные бегают по берегу вокруг озера и
загоняют лебедей поближе к гостям и област-
ному начальству любоваться. А начальство
стоит важное, топчется и кусочки хлеба в воду
бросает. Мне так на это смотреть нравится.
Однажды случайно наблюдала, как одна зав-
отделом, Тамара Трофимовна, на высоченных
каблуках, в нарядной шубке из пятнадцати
кроликов, в шапочке из двух норок, постоянно съезжающей на белый лоб, меленько
семеня, моталась по льду вдоль берега, отчаянно рискуя ради своей должности, размахи-
вала руками и загоняла лебедей на кормеж-
ку... А те были сытые и не хотели подплывать
к берегу... И на Тамару Трофимовну потом все
очень сердились, говорили, мол, зачем только
мы вас с собой взяли, зачем мы вас держим
в общем отделе, если вы не умеете лебедей
загонять... Нашли повод и уволили.

Да, так вот Витя поехал охотиться. На уток.
Но у птиц, господа, у птиц есть такое понятие,
как взаимовыручка, а может, даже такое понятие, как вендетта, им тоже знакомо...

И вот те самые сытые лебеди, чтоб они
были здоровы, напуганные угрожающей Ви-

тиной экипировкой, эти королевские птицы во время своего роскошного свистящего уникального подъема в воздух прицельно, тщательно и очень обидно обгадили сидящего в лодке Витю, издевательски хохоча... А потом сделали круг над озером и полетели себе по всяким своим осенним делам.

А Витя сидел мрачный и сильно запачканный на голове и плечах, как Гоголь... Ну памятник в Москве... Сидел и сначала просто озверело орал:

— А-а-а-а!!! — а потом всхлипывал, размазывая по лицу то, что на него упало, и обиженно ворчал-приговаривал: — «Летят и подают нам голоса...» Ниче себе голоса... Белокрылые лошадки...

Этюд 5

ХОРОШИЙ ГУСЬ

А теперь другая история. Про то, что иногда они не летят, но голоса все равно подают. Подают голоса, чтоб мы подали руку. Руку помощи.

Вот, к примеру, как один хороший человек подружился с гусем. Нет, он его не воспитывал в своих рядах, как некоторые, чтобы потом съесть. Нет, он его не вскармливал с маленького желтого пушистого возраста. Он его взрослым уже встретил.

Парень этот, хороший парень, добрый, наверное, его звали Даня, он ехал лесом, потом лугом, и вдруг видит — чешет гусь, ровненько, как по линеечке, вдоль поля. Шагает довольно быстро, важно, немного переваливаясь, и орет. Надрывается прямо: «Помогите-помогите...» Ну примерно такое. Парень этот наш, Даня, не Витя, что вы... Он поближе подошел: что такое?! Гусь чего-то плачет, слезами заливается и почти бежит. И так ровненько, дисциплинированно, как в армии. Но както странно. Глянул, а рядом с гусем лис чапает, гуся крепко зубами за крыло держит. Лис по дорожке слева идет, а гусь по колее. Идут вдвоем довольно бойко. К лису в нору, на обед. Обедать шагают дружно парой. Там, наверное, лиса ждет, лисята. («Познакомься, дорогая... Э-э... Слышь, гусь?! Эт супруга моя, лиса. А это дети... Дорогая! Дети! Это... обед. Бон аппетит».) То есть лис этого гуся поймал, а на спину его взвалить не получается — гусь большой, матерый, тяжелый попался. Тогда лис его повел за крыло, как говорят автолюбители, перегонял самоходом... Парень этот наш, Даня, не Витя, нет, лиса отогнал. Как, как... Топал, хлопал, два притопа, два прихлопа... Гуся завернул в куртку и забрал домой. Гуся назвали Геной, лечили, летать так и не смог. Теперь он у этого парня живет во дворе, ходит за ним, как собака. Кстати, и чужих отгоняет, и коляску с ребенком этого парня, который хороший, добрый, охраняет... Словом, служит в этой семье бодигардом. И когда его (парня, не гуся) спрашивают, мол, Даня, а когда... это... когда приходить к вам, ну чтоб с яблоками на Новый год гусь, а? — парень отвечает: «Стоп, ребята, а кто друзей ест вообще, вы что, совсем?»

Так что у гуся славное будущее в хорошей семье...

Этюд 6

МОКРОУСОВ М.

Это конь. Ну не совсем конь. Конек. Морской. У нас в аквариуме живет. Красавец агатовый, статный, интеллигентный. Очень элегантно двигается. Митрофан.

Мужчины настоящие сейчас дефицит. Обычный мужчина (за редким исключением) что обычно делает в трудные моменты жизни? Что? Да, обстоятельно надирается, чтоб потом было уютно валяться в луже и от души горевать.

Другое дело — Митрофан.

Чем же он хорош? Его супруги, надо сказать, легкомысленные особы, раз в какое-то время года начинают вести себя привередливо и даже по-хамски. Ну там — ой, что-то меня тошнит, хочется чего-нибудь солененького... Митрофан и так около каждой, и эдак. А они, барыни такие: вымой посуду, дорогой, что-то нам не по себе. Что-то жарко, выключи лампу, что-то холодно — включи. Ну и так далее.

А потом на свет появляются коньки, жеребята морские. И что б вы думали? Папка их, Мокроусов Митрофан, всех отлавливает, складывает к себе в торбу на животе и вынашивает, как кенгуру. А мамочки — на диван, телевизор смотреть, курить и хихикать...

Конечно, все не так буквально.

Настоящие мужчины, одним из которых является морской конек Митрофан Мокроусов, большая редкость в наше время и в лужах не валяются.

Этюд 7

СВИНЬЯ-ТОВАРИЩ

Поросенок Свисток пришел в сельсовет за справкой, что он поисковая служебная собака. Нет, он не орал, не требовал, не размахивал кулаками, он просто вежливо стоял, пристегнутый к поводку, и терпеливо ждал. Он не сам пришел, он с хозяином, паном Кушниром, пришел, но суть дела это не меняет. А пред-

седатель сельсовета раскричался. Что какие-
то дураки эти Кушниры, мол, может, вам еще
дать справку, что ваша свинья — крупный ро-
гатый скот, корова, что ли? Вообще...

Нет, Кушнир — не чокнутый, нет, он добро-
порядочный гражданин, между прочим, и пла-
тит налоги всякие, и вовремя вносит за свет
и коммунальные услуги. Поросенок Кушнира,
когда родился, оказался самым смышленым
и любопытным поросенком в помете... И его,
как самого развитого, внук пана Кушнира
стал обучать всяким командам, каким обу-
чают собак. И Свисток достиг таких вершин в
этом собачьем деле, что его приметили пограничники и стали привлекать к охране государ-
ственной границы.

Поэтому пану Кушниру надо было узако-
нить факт службы своего поросенка на та-
можне между Молдавией и Украиной. А то как
одалживать поросенка, так на пограничной
машине приезжают, сажают, с почетом везут.
В мешке. А как благодарить за безупречную
службу, так «большое спасибо, пан Кушнир, на
свиней наш бюджет не распространяется. Вот
если бы это была собака...». А чего это?! У нас
каждый работающий имеет право на адекват-
ную оплату своего нелегкого труда. А если ты
следовая служебная пограничная собака —
так и на довольствие.

Председатель сельсовета справку, что поросенок — собака, не дал. Зато на следующий день Свисток учуял нарушителя границы, румынского грибника, забредшего к нам по ошибке, а как потом оказалось, что совсем не по ошибке: он рассчитывал у нас тихонько побыстрому соли прикупить — там, в Румынии, дефицит соли. И назад. И Свисток по его следам — хрок-хрок себе тихонько, хрок-хрок... и к магазину в селе... Сначала смеялись все над поросенком, а потом как увидели пограничники, что из магазина выскочил странный человек — и наутек, все поняли сразу...

Обычно собак за хорошо выполненное задание награждают не только медалью, но и колбасой... Свистку, как вы поняли, колбаса совсем как-то... Еще не хватало Свистка убиенными родственниками награждать в виде сосисок... Ну так ему медаль дали и моркови десять килограммов... Даже дешевле обошелся, чем собака...

КАК СЕРАФИМ ЖЕНИЛСЯ

Ветеринар Серафим, мы его зовем Фимой, — наш сосед. Мы все души в нем не чаем. Он-то вообще-то кинолог, то есть специалист по собакам, но, как легендарный доктор Айболит, лечит и наших кошек, и попугая, и кролика Петровича, и других людей нашей семьи. Например, недавно он делал мне уколы, потому что я кашляла. И когда я вскрикивала от боли, он в ответ командным голосом рявкал: «Фу! Сидеть!» А когда я разрешила Фиме осмотреть мое горло, он по привычке в знак поощрения закинул мне в рот кусок собачьего печенья в виде косточки, которым полны его карманы. За то, что я его, нашего уважаемого доктора, не укусила.

Ветеринар — профессия сейчас очень популярная. Фима всегда много работал и соответственно много зарабатывал. И у него все было хорошо. Только с личной жизнью у Фимочки было плохо. Нет, ну сами посудите: приходит к нему в гости девушка, нарядная, в туфельках на шпильках... А ведь издалека Фимин дом производит неизгладимое впечатление — прекрасный коттедж, лужайка, фонтанчики, бассейн... «Ах-ах», — думает девушка. «Ну-ну», — думаем мы. Ведут гостью через большой двор, и ее облаивают со всех сторон две огромные собаки и целая гроздь маленьких. Мол, че пришла? Еще и с пустыми руками!.. Ну ладно, дальше. «Ах-ах» сменяется на «ой-ой», и «ф-ф-фу-у-у-у-у» — вступила туфелькой там во что-то в траве. Фима извиняется, усаживает гостью в глубокое мягкое кресло в гостиной и просит подождать, пока он туфельку вымоет и вытрет... Ладно. Садится поглубже, оглядывается. И тут к ней на колени, на ее розовое платье, бесшумно и нагло взлетает истинное чудовище — голый котик Мустафа и очень не по-нашему — не мило и скромно, а оглушительно и беспардонно — начинает трещать и исступленно топтаться, выпуская коготки. (Голый — в смысле совсем без шерсти, «сфинкс».) А другому голому котику Абдулле в это время обидно, почему Мустафа один развалился на коленках красавицы и ей песенки поет про черные глаза, такая девушка-цветок, да продлит Аллах дни ее жизни, пусть бы уже поселилась тут и давала бы еды побольше, а не как Серафим, взвешивая чуть-чуть на весах, жадный шайтан, э! И в надежде получить и свою долю благ Абдулла тоже ползком-ползком, аккуратно ставя лапочки, передвигаясь медленно по сантиметру, в мелких там и сям кустиках волосков, морщинистый и длинный, с крысиным хвостиком, тоже заползает к девушке на ручки. А потом и шотландский вислоухий бархатный, но строгий котик Сидни степенно вскакивает и рычит ревниво, мол, брысь, периферия, понаехали, панимаэшь, — ступить некуда. А ну-ка пхшхэ-э-э-э-эш-ш-ш-шли во-о-он отсюу-у-у-удова!!! Словом, мало того, что девушка, видимо, не очень любит всяких котиков, тем более таких экзотических, и уже откинулась на спинку кресла, и зажмурилась, и руки в отвращении подняла вверх, и поскуливает, так у нее еще на личных ее коленках эти самые трое иноземцев, двое из которых худы и противные, похожие на червяков, а один толстый, с пришитыми к голове ушами, тяжелый и мордатый, устроили потасовку с шипением и воем. Драка привлекает внимание сибирской белки Сократа. Он выбирается из клетки, усаживается девушке на плечо и как заправский болельщик азартно верещит, стрекочет и подначивает: «Давай, бей! Бей справа, я тебе говорю!..» И при этом держит в лапах и обгрызает кусок тыквы, оставляя на платье гостьи яркие развесистые следы своей здоровой жизнедеятельности. Визг девушки, вой котов и стрекотанье белки привлекают внимание двух австралийских попугаев — розелл. Они, как две носатые сутулые престарелые матроны-сплетницы в облезших перьях, усаживаются напротив на спинку другого кресла, как в партер театра (а иногда и прямо на прическу девушке), чтобы азартно понаблюдать, как в этот раз выкрутится новая гостья.

Из-под дивана на суету вылезает сонный индонезийский варан Юрик и недоуменно, но порицающе глядит своими крокодильими едкими глазами, медленно перебирая чешуйчатыми когтистыми лапами и плотоядно водя острым длинным языком.

А однажды Серафим отобрал у уличных бармалеев-фотографов умирающего хамелеона. И когда вылечил его и поставил на ноги, верней, на лапы, то и Мадагаскарский — так его назвали по месту рождения — не брезговал являться на смотрины, пристраиваться к котам и принимать цвет девушкиного платья.

Словом, когда Фимочка, как принц, входил в комнату с отмытой туфелькой, девушка уже мечтала оказаться где-нибудь подальше и брезгливо попискивала и постанывала:

— Уб-ри... уб-ри это все с меняа-а-а... Фу-у, гадость!..

Фима аккуратно, не торопясь, чтобы не испугать животных, обирал с гостьи котиков, белку, попугаев, хамелеона, уносил на балкон Юрика-варана. А девушка вскакивала и неслась к воротам. И Фима уже ей вслед заботливо кричал:

— Осторожно ступай!!! Там Левочка! Ты что, не видишь?!

— Какой еще Левочка?!

— Полоз! Зме-е-е-ейка...

Полутораметровый, напуганный топотом девушки Левочка, сиротливо всхлипывая, обвивал хвостом Фимину руку и прижимался желтым животом к груди хозяина, ища утешения и приговаривая, что он занесен в Красную книгу государства Казахстан, а к нему тут с таким неуважением, чуть не затоптали. Черепахи же Фимины никогда не успевали на скандал и путались под ногами девушки только уже у самой калитки.

Минимум раз в месяц соседи нашего квартала наблюдали картину побега очередной Золушки из дворца. У нас в семье даже игра такая была.

Смотрим, из-за поворота появляется Фимкина машина — он галантно открывает перед очередной претенденткой дверцу, подает руку, сначала показывается ножка, потом вся прелестница, входят во двор, дальше нам не видно и не слышно. И, продолжая глядеть в окно, мой сын начинает тихонько:

— Бом-м-м-м! Собаки... Бом-м-м! Коты... Бом-м-м! Попугаи, Сократ... Бом-м-м! Юрочка пошел и... р-р-раз — Левочкин выход!

На Левочке — самое позднее минут через семь — красотка с причитаниями и проклятиями вылетает из Фимкиного двора и несется вниз по холму, подальше от этого чокнутого ветеринара и его зоопарка.

У нас у всех сложилось впечатление, что Фимкины питомцы специально испытывают будущую Фимочкину невесту. Мало того, что она должна нравиться Фиме, главное — она должна понравиться им. И только с их согласия в дом сможет войти и жить женщина.

Кто-то ему посоветовал — а если точнее, то мы, — чтобы он девушку к себе сразу не вел, а готовил постепенно... Ну в ресторан там, на дискотеку... А лучше, чтоб вначале вообще позвал ее куда-нибудь к морю или в горы — поухаживать красиво, а главное, узнать ее получше и намекнуть, мол, что он не один живет, а с... ну, родственниками... Нет, не с мамой-папой, но тоже с очень близкими и родными...

И весной Фима вдруг встретил Наденьку, ну прелесть, ну умница что за девушка. Мы просто дыхание все затаили — так нам хотелось, чтобы Наденька за нашего Фиму замуж вышла.

Ну, для начала, после знакомства, ухаживаний, театра и нескольких ночных клубов, он, чтобы подтвердить серьезность намерений, пригласил Наденьку отдохнуть в Турцию. Там, в шикарном турецком отеле, он собирался открыть Наденьке правду о своей профессии и о тех, с кем ей предстоит жить. И в случае ее благорасположения предложить руку и сердце.

Он оставил свою усадьбу на нас, таких же любителей хвостатых, пернатых, тепло- и холоднокровных, и отправился устраивать наконец свою личную жизнь.

И в его отсутствие у нас, конечно, случилось.

Когда как-то утром я пришла покормить все Фимкино семейство, убрать за ними и выгулять собак, прямо с неба на меня свалилось нечто маленькое и пушистое. А именно — птенец. И свалилось прямо к моим ногам. К ногам, у которых как раз кружили все Фимкины кошки, собаки, земноводные и смешливая белка Сократ.

Гнезда его мы найти не смогли, а если бы посадили на дерево, он бы опять грохнулся, и вряд ли опять так удачно. Сначала я его подпихивала легонько: а вдруг полетит? Но он величаво и нахально развалился на моей ладони и улетать никуда не собирался. Собственно, это и не удивительно. Он уже прилетел, куда ему надо: скорей всего, ему рассказали, что есть такой Серафим, который подбирает всех маленьких потерявшихся зверей и птичек. Подбирает и с радостью набрасывается на нового питомца — выхаживает, кормит, поит, воспитывает, дает обязательное начальное образование, обучает музыке, языкам, ОБЖД, то есть основам безопасности жизнедеятельности, и уже потом как получится. Или отдает в хорошие руки таких же сумасшедших, или выпускает в жизнь, или — что чаще всего — оставляет у себя.

Короче, мы поселили птичку в запасную клетку. У Фимочки всегда есть запасная клетка для тех, кто грохнется на его голову.

Птенец, как выяснилось, повредил ногу. Мы наложили ему шинку, и он освоился очень быстро — побегал по клетке, подбрасывая, как Гердт-Паниковский ногу, рассыпал и разлил все, что ему было предложено, но ни есть, ни пить не стал. Мы порылись в Интернете, но, не получив внятных инструкций от «Гугла», стали звонить Фимочке на мобильный. Причем я включила спикер, чтобы всем нашим было слышно.

Он, видимо, уже выходил с Наденькой на пляж, но встревожился и сразу задал вопрос:

— Ну? И какой оно национальности?

— Воробей, дядя Фима, — уверенно ответила дочка Лина.

— Дрозд, дядя Фима, — возразил сын Даня.

— Птеродактиль, Фимочка, — предположила я.

— Птица, — уточнил муж Аркаша.

— Цурес, — мрачно подытожил Фимочка. — Рассказывайте!..

Видимо, Наденька все же затащила Фиму на пляж, и долго он говорить или расспрашивать не мог — были слышны смех, визг, восточная музыка и шум волн. Фима стеснялся Наденьки, но, прикрывая трубку ладонью, шепотом посоветовал перемолоть на кофемолке птичий корм нашего попугая и разбавить его детской молочной смесью. Давать из пипетки.

Все мы сделали, как доктор прописал, но птенец, хоть и орал: «Чив! Чив!» — мол, есть хочу, от предложенного клюв воротил, и вид у него был недовольный. Мол, я у маменьки с папенькой с серебра едал, а на такое даже и не глядел.

Надо сказать, что в связи с появлением Доходяги — так мы его сразу назвали — во вверенном нам Фимкином ковчеге начался переполох. Все Фимины дети разных народов собрались, слетелись и сползлись знакомиться с новым питомцем дома.

Попугаи ревниво скандалили: «Взяли! Нахлебника! Где вы его нашли! Говорили мы вам, не подбирайте с земли что попало!»

Коты не кричали, они, чинно рассевшись у наших ног, повязали на шеи салфетки, нетерпеливо потирали лапы, облизывались, переглядывались и цыкали зубами. Собаки во дворе сплетничали, мол, видал, притащили... Ну ва-а-аще! Сам хромой, клюв огромный, смотрит волком! Но ничего, хозяин приедет, он им даст!

То есть сидят все во дворе, хохочут над нами.

А мы у клетки столпились, совещаемся — что делать. Доходяга на одной ноге стоит, валится на бок и орет. И не ест. День мучились, ну что было делать — позвонили опять Фиме. Тот как раз только-только с Надей на ужин в ресторан вошел. А там — отель хоть и не пять звезд, но не меньше четырех точно (я ж говорю, Фимка с серьезными намерениями поехал), и в нем все наши живут. А у Фимки как раз последний вечер. Так что сегодня — или никогда. И вот растерянный, но очень нарядный Фима усажен с Надей за отдельный столик. Коробочка бархатная с колечком в потном кулаке... Жених в уме повторяет речь про живущих с ним родственников и готовится к главному: подтягивает брючину, чтобы вот-вот брякнуться к Наденькиным ножкам с предложением руки и сердца. А тут как раз опять мы. Звоним.

— Фима? Фимка! Ужас, Фимка! Он ни черта не жрет, Фима. Что делать?!

И Фима — это ж наш Фима, — извиняясь перед Наденькой, подробно, в деталях объясняет, что птица-мать перетирает пищу в зобу и птенцу ее срыгивает.

— Сры-ги-ва-ет! — вопит Фимочка в телефон под удивленными взглядами Нади и путающихся в приборах за соседними столиками земляков. — Поэтому надо пищу тщательно-тщательно... разжевать и потом дать птенцу, например, пипеткой.

— А какую? Какую пищу? И кто должен разжевать? — кричим мы Фиме туда, в Турцию, в элитный ресторан, в знаменательный для него вечер.

Фимка понимает по лицу невесты, что его выверенный план может провалиться. Но остановиться не может.

И, стараясь перекричать томное элегантное «Нуэво танго» Пьяццоллы, звучащее с эстрады, диктует в трубку:

— Купите опарышей! (*«Уи-и-и-и-да-там-да-тр-р-р-р-рам — та-а-ам!» — играет оркестр.*) О-па-ры-шей! Где-где! В зоомагазине! — орет Фима — И выведите из них свежих мух! (*«Тр-р-р-рэ-э-э-э-да-рарам-тара-дам-м-м!» — оркестр.*) И давайте сразу! Вылупилась муха — дали, опять вылупилась — опять дали, чтоб мухи были молодые, свежие и не потеряли своей питательной ценности!

Наши за столами внимательно прислушиваются, прекращают есть, отодвигают тарелки и зовут официантов. Наденькино милое лицо искажает гримаса дурноты, и она начинает давиться салатом. Фима продолжает кричать, что очень сожалеет, что не может сам присутствовать при сеансе кормления, и настаивает, что птенец маленький и жевать мух нужно обязательно! (*«Ти-ри-рим — тададам, та-а-а-а-а-а-а-дам-м-м!»*)

Мы, вся наша семья, поняли, что ключевое слово «жевать», и дружно посмотрели на нашего папу.

Папа сказал:

— Нет.

Мы сказали:

— Да-да!

Коты и варан Юрик поддержали нашего папу, мол, чего заморачиваться с этой курицей, лучше давайте его сюда, уже и стол накрыт.

А Доходяга сидел в своей клетке нахохленный, голодный, остервенело бил крылышками, смотрел на меня и продолжал орать примерно следующее: «Что смотришь, женщина! Неси поесть! Что-нибудь неси — не видишь, мужчина голодный. Смотрит она...» — примерно такое орал птенец, гордый, самолюбивый, хоть и неказистый на вид.

— Жевать!!! — еще раз приказал Фимка по телефону и выключился.

Что там у них с Надей произошло, мы не знаем, но через пять минут Фимка не выдержал и позвонил сам.

Мы ему сообщили, что папа мух жевать не хочет и у Доходяги глаза уже стали подергиваться пленкой.

Чувствовалось, что Фимка в отчаянии заламывает руки и рвет на себе волосы:

— Ну зачем я вас послушал! Зачем поехал! — голосил он. — Ведь угробите же птенца, угробите...

— Фима, — строго сказала я, — ты поехал свататься! Мы тебя послали, Фима, и ты должен, как говорится, продержаться. Не волнуйся. Мы позвали Машку. Ну Машку, соседку нашу, она же на биофаке учится, что-нибудь придумаем, ты давай там, продолжай жениться.

Машка, конопатенькая хулиганка с побитыми коленками, приехала на велике, шмыгая носом, осмотрела Доходягу и велела быстренько сварить яйцо. Затем перетерла его прямо со скорлупой, добавила чуть-чуть детского питания, растертые листья одуванчика, капельку воды и стала кормить птицу с помощью маленького шприца. Доходяга стал есть. Мы выдохнули.

Фима позвонил нам утром перед самолетом. У Нади всю ночь была истерика, она не выходила из ванной, а утром собрала вещи и рвалась уехать в аэропорт одна. Фима догнал ее, но всю дорогу они сидели в самолете, отвернувшись друг от друга. С трапа она сошла бледно-зеленая и уже одна... Фима вышел из самолета последним.

Мы утешали его как могли, но почему-то виноватыми себя не чувствовали. Словом, Фима вернулся, и мы облегченно отдали ему ключи от усадьбы и всех подсобных помещений, где жили его питомцы.

А через несколько дней после возвращения Фимы птенец уже сам гонялся за мухами и паучками, переваливаясь и смешно выбрасывая перед собой заживающую ножку.

Как-то, соскучившись, мы забежали к Фиме в его дом-ковчег-лечебницу, проведать нашего Доходягу. В каждой комнате, как всегда, валялись по диванам и креслам коты. Несколько новых разнокалиберных собак болталось по дому и во дворе. Коты явно только что позавтракали и все умывали и умывали свои рожи.

Фимы нигде не было. Доходяги тоже.

Мы уж было заподозрили, не случилось ли чего, но куда! — не таков наш Фима. Откуда-то сверху, с внешней стороны дома, с чердака стал спускаться хозяин, отряхивая руки и оттирая ветошью ладони.

— Вот... — застенчиво скосив глаза, признался Фимочка, — гнездо для птенчика... это... ну...

— Свил, — подсказала я.

— Да, — заулыбался Фима. — Он уже выздоравливает. Шинку с лапки сняли, — и жизнерадостно добавил: — Будем ставить на крыло...

— Фи-и-имк! — из сарайчика раздался женский голос. — Ну сколько ждать тебя?

— Ой, — Фима подхватил парочку толсто-пузых щенков. — Мы прививки делаем, — объяснил он.

— «Мы»?! — удивились мы.

Ну короче, они через месяц с Машкой таки поженились. И теперь, спустя два года, у них пять котов, четыре собаки, три попугая, варан, полоз, белка, воробей Доходяга, ло-шадка-пони и два человеческих мальчика...

ЭТО НАШ ПАПА

Боря — это наш папа. Папа — мастер спорта. Наш папа Боря — это самый душев-ный человек в мире. В моем мире. Обаятель-ный, веселый и общительный, как Чипполино. Он у нас абсолютно не умеет кричать, ругать-ся, спорить, конфликтовать... Он только уме-ет свистеть в свой судейский свисток, и все. Бывает, кто-то бранится, даже выражается по-всякому. Боря слушает, слушает, слушает... А потом ка-а-ак зажмурится! И ка-а-ак свист-нет!!! Еще он умеет показывать карточки жел-того и красного цвета, шикарно размахивая руками. Со строгим выражением лица и со свистком во рту. Ужас какой справедливый. Поэтому раньше его часто приглашали судить соревнования. Он на этих соревнованиях непреклонен, неподкупен и непоколебим. Поэтому в последнее время его уже не так часто приглашают судить соревнования. Совестливый наш Боря! Ответственный! Этому всем нам учиться и учиться! И учиться еще разок.

Если мы, его девочки — мама и мы с сестрой, — чего-нибудь уж очень хотели, наш папа разбивался в лепешку, но добывал: черевички там, чтоб как у царицы... цветочек аленький... и даже собаку!

Вот такой вот наш папа: свисток, секундомер и большое доброе сердце.

И вот представьте себе: этой весной мы вдруг узнали, что наш Боря завел себе вторую семью. Он стал задерживаться на работе, потом вдруг мы обнаружили, что он таскает из холодильника сосиски, мясо и другие продукты. И уносит их на работу. Мы, конечно, заподозревали.

— Ну? И как же ее зовут?! — ревниво поинтересовалась мама, когда папа стянул из холодильника обеденную телячью отбивную.

— Кого? — покраснел папа.

— Ту, ради которой ты слямзил нашу фамильную телячью отбивную!

— Ксюша, — не стал отпираться наш правдивый Боря, — ее зовут Ксюша. Завтра приходите ко мне на работу. Пора вас познакомить. Только возьмите с собой сменную обувь! — строго добавил он. — И бинокль.

Утром мы — мама, моя сестра и я, — принарядившись, пошли к Боре на работу знакомиться с его второй семьей. Переобувшись в раздевалке для девочек, мы на цыпочках вошли за Борей в его святая святых, в его спортзал, и подошли к окну. На подоконнике, на большом выступе со стороны улицы, на старой папиной спортивной куртке сидела роскошная сова. Сидела, задумчиво и взыскательно разглядывая нас через стекло.

— Сова! — церемонно обратился к сове Боря. — Это моя семья. Семья! — скомандовал нам Боря, оглядев нас строго и придирчиво, и мы тут же подравнялись, расправили плечи, подтянули животы, поставили пятки вместе, носки врозь. — Семья! Это сова. Ксюша.

— Угу! — удовлетворенно откликнулась Ксюша и уставилась на нас еще внимательнее.

— У нее пятеро детей.

— Угу, — подтвердила сова.

— Они под крышей. В вентиляционной нише. Обувайтесь, — скомандовал Боря, — пойдем их смотреть.

И — никогда не забуду — когда мы, оглядываясь на окно, выходили из зала, сова на прощанье щелкнула клювом, залихватски ухнула и перевернула свою круглую голову вверх ногами. То есть вверх клювом. А глаза ее, круглые и пронзительные, оказались почти на животе. У нас у всех — у первой папиной семьи — прямо дух захватило от восхищения, а Ксюша продолжала беспардонно и невозмутимо глядеть нам вслед перевернутой опрокинутой башкой.

Выйдя на спортплощадку, мы все по очереди смотрели в бинокль в вентиляционную нишу, где рядком восседали пять пуховых тючков, слепеньких, как новорожденные котята, и, как сказал Боря, абсолютно глухих. Тючки нетерпеливо раскачивались из стороны в сторону, с лапки на лапку, хотели есть. Ксюша не заставила себя ждать. Она приволокла в клюве большой кусок и, отрывая по кусочку, сначала прикасалась едой к голове совенка, потом к уголку рта. И только потом совенок разевал клюв, чтобы это проглотить.

В кусочках мяса, пристально глядя в бинокль, мама безошибочно опознала похищенную из холодильника нашу телячью отбивную. Но не сердилась абсолютно. Совята-тючки выглядели такими беспомощными, такими беззащитными, такими слабенькими, что мы все ужасно встревожились и абсолютно потеряли из-за них покой.

И не напрасно.

Начались ливни. У нас весной страшные ливни. Такие, что заливает все вокруг, и тогда в город, на радость мальчишкам, приезжают амфибии, и спасатели отлавливают в бешено текущих потоках воды телевизоры, кастрюли, диваны, велосипеды и поросят. Мы сами вытащили на днях из воды старушку в корыте и желтую собачку. Старушку, дивную замечательную старушку, которая, сидя в корыте, невозмутимо курила папиросу, забрали в панике набежавшие многочисленные ее дети и внуки, а вот собачку некуда было деть, и мы отнесли ее, жалкую и трясущуюся, к папе.

— Вот тебя-то как раз мне и не хватало! — воскликнул Боря.

И желтая собачка замахала хвостом и очень обрадовалась, что как раз ее нашему папе не хватало. Теперь будет хватать.

Да, так вот — пошли ливни, бешеные, почти тропические. Только очень холодные. И двое Ксюшиных тючков, переминаясь и толкаясь, перелезли на край ниши и со второго этажа кувыркнулись вниз. К счастью, они упали в траву и ничего себе не повредили, не сломали. Сообразительная Ксюша по одному переволокла их в лапах наверх. Но поскольку в нишу запихнуть птенцов не было никакой возможности, она усадила их к Боре на подоконник. Да так, что, если вдруг Боря открыл бы окно, они бы шлепнулись вниз по новой.

Конечно, папа собрал семейный совет. Мы опять примчались к нему в спортзал, и он даже не заметил, что в этот раз мы все подбежали к окну, не сменив обуви. Это было неслыханное нарушение, но до того ли было! Птенцы сидели на подоконнике, лицом к нам, мокрые, встрепанные, с полуоткрытыми глазами. Иногда совята устало зевали. Вы видели когда-нибудь, как зевают совята? Точно как маленькие дети, когда хотят спать. Только что кулачками глаза не трут. Ксюша то подлетала к ним, то взлетала выше под крышу, где сидело еще трое тючков. При этом она монотонно и печально кричала.

От этого отчаянного крика мы все прямо извелись. Нужно было запихнуть двоих совят назад в нишу и воссоединить Ксюшину семью. Но как? Такой высокой лестницы у нас не было. Входа в нишу со стороны чердака не было. Боря было кинулся к директору, объяснял терпеливо, рассказывал, размахивал руками, как крыльями, показывал в лицах, как тючки упали, как Ксюша их назад в лапах несла... Но директор — ой, фамилия у него Хижак, хищник по-русски, — так вот, этот Хижак так обругал нашего Борю, так обхамил, что Боря наш молчал-молчал и... даже не зажмурился. И даже не свистнул. Потому что тут свисток не поможет. И желтая карточка не поможет. Разве только красная карточка — удаление с поля. И из нашей жизни. Как человека. Хижак — он хижак и есть.

Потом папа звонил в милицию. Затем (видимо, от беспомощности) в ветеринарную лечебницу...

Короче, все самое умное в нашей жизни обычно придумывает наша здравомыслящая мама. И она позвонила прямо в райотдел МЧС. И своим ласковым многоцветным голосом мама рассказала про папину Ксюшу и ее совят, и что, вероятнее всего, такая сова — хотя мы понятия не имели, какая это сова, — занесена в Красную книгу. А рядом с мамой подпрыгивал от нетерпения Боря и приговаривал: скажи, что они полуслепые и мокнут, что они маленькие, голодные, что им холодно.

— Обязательно скажи. Что им холодно! И скажи, чтоб быстрей, а то упадут! Упадут! — паниковал Боря.

И вы знаете, что значит настоящие мужчины?! Нет, не измельчал еще мужчина и не перевелся, нет! Не все, конечно, поймут масштабы моего восхищения, не все. Но через десять минут после маминого звонка во двор папиной школы стремительно въехала с оглушительной сиреной грандиозная яркая машина.

А дождь все усиливался. Боря наш бесстрашный бежал без зонтика, показывая дорогу, бежал перед этим огромным красным танком, оснащенным кучей всяких автоматических приспособлений: лестниц, ковшей, молотов, крюков, ломов, кранов. Машина остановилась под окном спортзала, загудела, из ее хорошо начиненного всякими штуками красного бока вылезла лестница. На лестнице стоял... Ох! Широкоплечий раскрасавец Алеша Попович. Нет, Добрыня Никитич! Нет, тот, третий... Ну, короче, кто-то из них. Словом, силач в комбинезоне МЧС, в роскошном комбинезоне, как у американских астронавтов, наш сосед, былинный богатырь Сашка Блейбер. Эх, такими богатырями должна гордиться и полниться земля наша украинская!!! Сашка доехал на лестнице до папиного окна, в обе руки взял по тючку, — а ливень уже хлынул такой стеной, что мы совсем ничего не видели, — и лестница поползла еще выше. И Сашка, закрепленный специальным поясом, доехал до ниши, аккуратно усадил совят поглубже, заодно подпихнул вглубь и всех остальных, чтобы не свалились, и благополучно спустился вниз.

Ни Сашка, ни другие спасатели денег не взяли, папиного приглашения на рюмочку не приняли. Сказали, что это их работа, и уехали. Да, так и сказали — что это их обычная ежедневная работа. Тем более, хитро подмигнул Сашка Блейбер, раз сова внесена в Красную книгу. Или вообще это филин.

Тут мы все потупились. Конечно. Потому что могло быть и так, что мы насчет Красной книги обманули. Но я вам скажу: с нашей экологией в Красную книгу скоро занесут и сов, и филинов, и воробьев, и муравьев, а главное — таких людей, как наш папа. Так и будет написано в Красной книге: «Боря — редкий вид человека. Исчезающий вид человека».

Через неделю наши совята полностью открыли глаза и очень скоро научились летать. Иногда мы приходим к нашему папе в спортзал, захватив, конечно, сменную обувь, чтобы посмотреть, как Ксюша и наши тючки планируют под летним дождем. Оказалось, эти симпатяги очень любят купаться в дождевых струях. Планируют, иногда присаживаясь к Боре на подоконник, на его старую спортивную куртку, и принимают наше угощение. Сначала нужно прикоснуться куском сосиски к голове совенка, потом к уголку рта, и только тогда он разинет клюв и съест предложенный кусочек, аппетитно прищелкивая клювом...

ЧАКУНЯ

Ему уже пятнадцать лет — нашему Чаку. Он помесь овчарки с колли. То есть лицо как у немецкой овчарки, а туловище лохматое и рыжее. Роскошный черный воротник на груди, пушистый развесистый приветливый хвост, а главное — добрый, чуткий и умный, как колли. Глаза у него хорошие. Редкие, необычайной красоты у него глаза. Карие, влажные, большие, печальные... Кстати, он умеет подмигивать правым глазом, вот так: эть! эть-эть!

Сколько уж он нас выручал, спасал, оберегал, предупреждал...

Уж сколько он нам котят воспитал, а о наших человеческих детях и не приходится говорить. Вон, двое детей и кот Чемодан — его воспитанники.

Мы его этим летом в лес водили гулять и, конечно, купали после прогулок на всякий случай. Так наш кот прямо изводился от радости, что не его купают, прямо лапы потирал, ха-ха, хи-хи, ага-ага! И такое торжество на морде его вороватой. А Чак огорчался, хотя купаться любит. «Ниче-ниче-о-о... — обижался Чак, — ниче-о-о...» Ну мы тогда и кота тоже за компанию. А он: «Меня-то за что?! Я же в лес не ходи-и-ил!» А Чак смотрел презрительно и до комментариев не опускался, только подмигивал нам: эть! эть-эть!

И вот приболел наш Чак. Подхватил клеща, бедняга, в лесу, стал шерсть терять, погрустнел, спина облысела. Вызвали ветеринара, кололи инъекциями. Все терпел, мужественный. Потом обстригли его всего. Во-первых, и так лысеет, чего уж тут притворяться, как наш председатель кооператива Йосип Афанасьевич — кумпол совсем как коленочка, но отращивает грядку волос слева, а зачесывает направо, прикрывая макушку. И считается, будто он с шевелюрой. Хотя дизайн этот нехитрый всем понятен. Он же, Йосип, не первый. Как встречаю, так все время волнуюсь за него. Так тревожно. А вдруг ветер?! А вдруг ветер справа?! Ой, глаза б мои не видели.

Словом, обстригли нашего Чака. И чтоб легче уколы было делать, легче мазью обрабатывать, и чтоб не жарко. А случилось наоборот — холодно. Он, бедный, дрожал на утренней прогулке, голенький потому что. Тогда мы на него куртку дочери надели. С надписью на английском «Beauty», то есть «красавица». Красненькую курточку с капюшоном. Чемодан сидит в кресле плетеном, облизывает себя, изогнувшись, и ворчит:

— О! О! Бьюти пошла! О-о-ой, не могу! Ха-ха!

От зависти это. Ему же, толстому, курточка не светит, даже зимой. А Чак с удовольствием в куртке гулял и даже гордился. Косился по сторонам, какое производит впечатление.

Нас теперь, кстати, так и можно на даче ра-
зыскать, достаточно спросить, а где живут те,
у кого голая собачка в красной курточке.

— С капюшоном? Так вон же они.

А когда соседка наша ехидная Ираида
Матвеевна спросила: «А чего это у вас собака такая лысая и некрасивая?» — так мы ей
сказали, что из собаки нашей человека делаем. И не абы какого, а хорошего и умного.
Ираида Матвеевна не поверила и подглядывала за нами, торча макушкой над забором.
Подслушивала, как мой сын каждый день с
Чаком занимается. Напротив магазинчик не-
большой, «Кураж» называется. Даня показы-
вает на вывеску магазинчика и дает команду
собаке нашей сообразительной — мол, читай,
Чак. И Чак читает:

— Жа-рук... Жарук...

Из-за забора Ираиды Матвеевны —
вскрик изумления, ужаса и шорох оседающего
тела.

А Чак смотрит на Даньку и хитро подмигивает: эть! эть-эть!

ЦВЕТ МЕЧТЫ

Как же я люблю зеленый цвет. Зеленый
цвет, говорил конюх принца Чарльза, — любимый цвет бога. И правильно говорил этот
конюх. Иначе почему самое прекрасное на

свете, самое значительное или просто милое и симпатичное бог выкрасил оттенками зеленого — деревья, травы, мой любимый берет, попугайчиков, крыжовник... не надо мне подсказывать, доллары здесь ни при чем! — изумруды, зеленку, медный купорос, глаза моего кота Мотека, «Тархун», разрешающий движение кружок светофора, арбуз, лягушек...

А вот кстати. Знаете что? Мало мы все-таки беседуем о лягушках, друзья.

Даня, мой сын, очень много интересного рассказывал о лягушках. У него когда-то была парочка воспитанниц — жабы Глаша и Экселенц. Никак сначала мы не могли понять, кто из них мальчик, а кто девочка. Данька решил: кто первый икру метнет, того и назначим девочкой. Но потом он и так разобрался, без икры. Потому что у Глаши было трогательное приветливое девичье личико, а у Экселенца — надменное верблюжье. Даня их выпустил в болотце, в их природную среду, потому что началась весна, икра мечется в воду, а у Даньки не было опыта разведения жаб, и он боялся, как бы головастики не погибли. Даня вообще гармонию природы кожей ощущает. Жена его Ирочка рассказывала, что на пляже Даню можно глазами найти в стайке детей на мелководье по торчащей пятой точке в ярко-зеленых (зеленых!) купальных трусах. Он вылавливает мальков, рассматривает подробно и выпускает обратно в море. А наиболее привлекательными ракушками щедро одаривает детвору, разделяющую его досуг. Он из тех, кто, как говорят, и мухи не обидит. Увидит, кто на муху охотится, и просит: не убивай ее, а если тебе невмоготу, обидь ее словом. И выпусти в окно. И никогда не делит он животных на теплых пушистых и на холодных скользких. Этому он и меня научил, мой Даня. А особое уважение и жалость он воспитал во мне к лягушкам. Потому что мало того, что они не очень привлекательны с виду — кто знает, какое сердце прячется под их пупырчатой кожицей, — но их еще режут в мединститутах, на них ставят опыты в различных академиях. И это еще не все. Их едят! Какой ужас. Как трагичен их жабий удел.

Когда я стану ветхой костлявой старушонкой, я не собираюсь впадать в уныние оттого, что все уже было и ничего уже не будет, что ушли лучшие годы и мне теперь не оправдать тех надежд, которые на меня возлагали мои мама и папа, мои бабушки и дедушки, а также любимая учительница русской словесности Берта Иосифовна. Нет. Я не буду поучать всех вокруг и раздавать никому не нужные советы, ворчать в троллейбусе на тему «вот мы в наше время» или того хуже — возглавлять домовой комитет, избирательную комиссию или кляузничать. Потому что у меня будут дела поважнее.

Когда я состарюсь окончательно, я уеду в Англию и пойду в переводчики. Нет, вы не поняли. Я буду переводить животных. Через дорогу. В Великобритании — я видела сама — животные шмыгают через дорогу, не зная страха и опасности. Олени, зайцы, лисы, лоси. А главное (сначала я читала об этом, а потом видела своими собственными глазами) — на севере Англии объявление на обочине. Вот такое: «Помогите жабам перейти дорогу». А под объявлением — зеленое (зеленое!) ведро. Соберется, например, у дороги определенное количество жаб со всех окрестностей, и кто-то, оказавшийся в это время рядом, их бережно подсаживает в ведро. А кстати, самые сообразительные из жаб, кто частенько мотается туда-сюда по делам через шоссе, сами в ведро забираются. И сидят они там, терпеливо ожидая отправления, чинно, вежливо, не толкаясь, учтиво уступая друг другу места в самых удобных углах маршрутного ведра, напевая что-нибудь про себя, знакомясь, флиртуя друг с другом или сплетничая о том о сем. И кто-то берет это самое зеленое (зеленое!) ведро, переносит через дорогу, аккуратно его наклоняет и вытряхивает пассажиров в ближайшие кусты. И жабы скачут себе дальше. Умно? По-че-ло-ве-чес-ки.

Так вот — я мечтаю после выхода на пенсию работать таким вот *переносчиком зеленого ведра*.

Представляете, кем я стану для этих лягушек и жаб? Страшно подумать, дух захватывает. Для них ведь дорогу перейти — как будто на другую планету перелететь. Или даже в другую галактику. Перелететь, и ко всем радостям, что не попали под колеса автомобиля или грузовика, еще и обнаружить, что на той стороне тоже есть разумная жизнь, потому что с той стороны стоит такое же зеленое (зеленое!) ведро. И сидят там такие же жабки и лягушки. И ждут того, кто перенесет их через дорогу. То есть меня. Они назовут моим именем их жабью книгу судеб, мной они буду пугать своих непослушных головастиков, и со временем этот жабий народец сложит песни, мифы и легенды о Той-что-переносила-зеленое-ведро-через-дорогу.

Нет. Пожалуй, мне одной такая слава не по плечу. Я позову с собой всех своих друзей, которые к тому времени обветшают, как и я. И вся наша развеселая компания пойдет в переводчики животных через дорогу. И не только в Англии. Планета большая. Животных много. Людей не хватает. Может, кто еще хочет с нами? Давайте, присоединяйтесь. Помогите животным перейти дорогу. Кстати. Мы тут униформу себе удобную придумали. Универсальную. Комбинезоны и кепки. Цвет? А вы как думаете?

...КАК УМЕНЬЕ
УЛЫБАТЬСЯ ИЛИ ПЛАКАТЬ

Есть у меня друг, мольфар. Он живет почти на вершине горы, которая называется Чорногора. Мольфар — это карпатский знахарь, колдун, волшебник, предсказатель. Он умеет разгонять тучи, вызывать дождь, лечить людей и скотину, предсказывать землетрясения, снимать порчу... Мы пришли к нему как-то на рассвете в гости. Удивительный он, мой друг мольфар. Его даже предупреждать не надо, да у него и телефона нет. Он всегда знает заранее, что мы к нему идем. Мы еще не знаем, а он уже ждет нас. Мы — это моя собака мистер Чак Гордон Барнс и я.

И вот как-то, когда мы чай из трав пили на крылечке, Чак по обыкновению сидел у моих ног, почти не двигаясь, напряженный, бдительный, чутко водил своими выдающимися ушами и вдруг как-то странно тихонько заскулил куда-то в направлении вершины Чорногоры в тумане.

— Что это с ним? — заволновалась я.

— А это он с богом разговаривает, — спокойно ответил мольфар, раскуривая трубочку, — разговаривает о том о сем... И о тебе. Они все умеют с богом разговаривать. А тут в горах — небеса рядом.

Они — если вы не поняли — это наши братья меньшие. Наши надежные преданные друзья. А небеса — это небеса.

Уверена, что природа дружбы естественна, как природа Чорногоры. Дружба — это не изобретение человека. Это изобретение кого-то поумнее. Это дается свыше. Как умение улыбаться или плакать.

И потому, что дружба дана свыше, друзьями могут быть не только люди. Ими могут быть кто угодно...

Вот говорят: «четвероногий друг»... Это что такое? Вот это вот — четвероногий! А если у гусенички двадцать ножек, так она что, нам никакой не друг? Или вот кенгуру шастают туда-сюда на своих двоих? Как? А краб? Осьминог? Что, уже нам не брат меньший? А попугай? А курочка? Обыкновенная маленькая курочка на двух ножках — мы что, с ней уже не дружим, раз так?

Глупости это все! Четвероногий друг — это диван. А я лично дружу со всеми, кого в этой жизни встречаю, невзирая на количество ног, лап, щупальцев, крыльев или плавников. И все мои друзья тоже не перебирают, у кого сколько чего.

Например, моя знакомая по имени Марыся. Да, мы друзья. Но только она — лошадь, а я — нет. По-моему, нет... Хотя Марыся об этом и не догадывается. Думаем-то мы одинаково! И радуемся друг другу страшно, когда встречаемся. Я ее знакомлю со своими друзьями: людьми, собаками, паучками. Она меня — со своими. То есть круг друзей расширяется.

Например, Марыся очень тесно дружит с Жуком. Нет, это не насекомое и не человек с таким именем. Это маленькая черная собачка. Они работают вместе. В детском саду. Такой преданности друг другу я давно не видела. Вот слышишь: цок-цок... Это лошадка. И обязательно где-то рядом Жук трусит, быстро лапками своими короткими перебирает. Лошадка остановилась, дети забрались в повозку, сели на лавочку, Жук погавкал для порядка, поехали. Жук тележку охраняет. Марыся Жука подкармливает.

Однажды лошадь заболела. И ее забрали в ветлечебницу делать уколы внутривенно. Это очень серьезно и ответственно — делать внутривенные инъекции лошади. Стоит она в конюшне одна-одинешенька. Лето на дворе. Жук топчется у лечебницы. Его сторож гонит. Жук не уходит. Он не убегает никуда. Даже поесть или попить. Жарко, он вывалил язык, валяется позевывая. Глядит на сторожа из-за угла, а когда тот теряет бдительность — мчится со всех лап к Марысе... Иногда он приносит ей найденную в мусорнике корку, а иногда и косточку... Марыся нежно пихает Жука губами в бок и ласково фыркает.

Животные умеют дружить. Вот смотрите... Однажды к нам пришла кошка. И мы построили для нее дом. Теплый и уютный. Но Кошке (оказавшейся впоследствии котом, но имя прижилось) не приглянулся. Кошка походил, понюхал, но все же поселился в доме и стал водить к себе девушек. Одна из них навеки к нему въехала, строгая такая, черепахового окраса, по имени Личко-в-кучку. И частенько мы видели, как в лютый холод из теплого кошкиного домика уютно выглядывают две усатые мордочки, а между ними торчит ярко-желтый клюв. Да, да, вы не поверите, но вместе с ними в домике поселилась обычная маленькая курочка. Иногда мы находили рядом с Кошкой или Личком-в-кучку, которые блаженно жмурились и облизывались, яичную скорлупу: наша Курочка их подкармливала. И в свою очередь с аппетитом поклевывала «Вискас» из кошачьей миски — хорошо рыбный, а не куриный, как обычно. Дружба? А что же еще?

Мама моя сказала на все на это, что такое может случиться только со мной и моей семьей — чтобы кошки дружили с курицей, а собака еще им и потакала, впуская в наш дом, чтобы они чинили там всякие безобразия. Ну почему же только у нас?! Я так понимаю: как ты относишься к собаке, кошке, курочке или к другим людям, живущим в твоем доме, городе или стране, так и они к тебе относятся.

Главное — знать, что всякий пример заразителен. Знакомый милиционер принес мне в подарок восхитительный протокол следующего содержания: «Гражданин Бабулько Н. Е. покусал своей собакой гражданку Резеду И. О. В свою очередь в отместку гражданка Резеда И. О. поцарапала гражданина Бабулько своим котом». Неплохие ребята эти кот и собака! В плохие руки только попали...

Вот другой пример: мой брат Валька. Он в Испании на паях владеет симпатичным уютным баром. Вот там, как только он открыл его после реконструкции, он и познакомился с сеньорой, которая дружила с обезьяной.

Очень богатая была старушка, очень капризная и привередливая. И ко всему пьющая... А тут — Рождество. Ну, вся ее многочисленная родня, наследники-нахлебники друг дружку предупреждают: смотрите, чтоб бабушка не сбежала. А то напьется где-нибудь в баре и пойдет буянить, нас позорить, семью уважаемых каталонцев, адвокатов и врачей. А у семи нянек... ну вы же знаете... Короче, смылась бабушка. Где-то она шаталась до поры до времени, следы заметала. И в этот вечер сначала в Валькин бар явился ее сын, уважаемый каталонец. Спрашивает осторожно: «Сеньор, а не видели — не забегала ли к вам маленькая пожилая сеньора... с обезьянкой на голове?» Валька только плечами пожал — что за шутки? Следом в бар заскочили две пышные яркие усатые брюнетки, многоуважаемые каталонки, спрашивают: «Эй, бармен, не заходила ли к вам старушка с обезьянкой на голове?..» Валька несколько растерялся и только головой помотал. А уж когда целая стая детей вбежала в бар и в тревоге поинтересовалась, не заходила ли бабушка с обезьяной на голове, Валька решил, что это его разыгрывают друзья, и уже стал готовить план отмщенья. Как вдруг...

Вот тут я бы хотела увидеть всегда спокойное, бесстрастное лицо моего брата. Ой, как бы я хотела это увидеть... Когда у входной двери тихо звякнул колокольчик и в бар как тень проскользнула пожилая сеньора, а на шляпе у нее сидела маленькая обезьянка!!! Вот когда Валька ловил свою отвалившуюся от удивления челюсть!..

Так он с ними познакомился. Она спросила, нет ли в баре отдельного кабинета, была допущена в Валькину личную комнату отдыха и получила две порции текилы со льдом. Бабушка и обезьянка оказались не только близкими нежными подругами. Но еще и собутыльницами. Обе — и миллионерша, и обезьяна — пили как лошади. Текилу они глушили на равных и по всем правилам: соль с большого пальца, водка, лимон, а потом обмен теплыми заговорщицкими взглядами.

Вот так вот. Уходя в мир иной, бабушка завещала большую часть своего состояния не каталонцам, а обезьянке. Теперь прямые обезьянкины опекуны водят животное в Валькин бар, причем она отказывается ходить или сидеть на руках, а соглашается ехать только у кого-нибудь на голове. А предварительно на голову надо надеть ветхую бабушкину шляпу. Пожилая обезьянка с седой мордочкой и мудрыми глазами часами сидит в Валькином баре и, невесело подперев щеку, пьет текилу, пока не заснет... Такая вот печальная история.

А еще одну замечательную пару я видела в санкт-петербургском зоопарке — девочку и жирафенка. И у девочки, служительницы зоопарка, и у жирафки были одинаковые доверчивые круглые глаза с белыми прямыми ресницами. Обе нескладные, угловатые, длинношеие и длинноногие. Они, эти двое, были как две сестры — девочка и жираф. Девочка чистила жирафа щеткой, поглаживая бока, а жирафка нелепым огромным синим языком облизывала девочке смешной хвостик на голове, затянутый яркой резинкой... Тогда я стояла и стояла и наблюдала эту сцену долго. И сделала для себя важное открытие. Оказывается, иногда для того, чтобы показать, как вы любите друг друга, не обязательны слова: достаточно погладить пятнистый бочок или лизнуть любимую макушку. Или просто переглянуться...

Так что прав мой друг мольфар с Чорногоры. Кто умеет с богом разговаривать, тот и дружить умеет как никто. Причем независимо от количества лап, ног, хвостов или крыльев.

СОДЕРЖАНИЕ

Едем в Одессу

Курочка Ребе и другие

Литературно-художественное издание

Марианна Гончарова

ТЕПЛЫЙ ТАЛИСМАН

Ответственный редактор *О. Аминова*
Редактор *В. Хаит*
Ведущий редактор *Ю. Качалкина*
Выпускающий редактор *А. Дадаева*
Художественный редактор *Е. Анисина*
Технический редактор *О. Куликова*
Компьютерная верстка *Т. Кирпичева*
Корректор *Н. Сикачева*

В оформлении переплета использованы иллюстрации:
Eva Daneva, Kudryashka / Shutterstock.com
Используется по лицензии от Shutterstock.com

ООО «Издательство «Эксмо»
127299, Москва, ул. Клары Цеткин, д. 18/5. Тел. 411-68-86, 956-39-21.
Home page: **www.eksmo.ru** E-mail: **info@eksmo.ru**

Оптовая торговля книгами «Эксмо»:
ООО «ТД «Эксмо». 142702, Московская обл., Ленинский р-н, г. Видное,
Белокаменное ш., д. 1, многоканальный тел. 411-50-74.
E-mail: **reception@eksmo-sale.ru**

*По вопросам приобретения книг «Эксмо» зарубежными оптовыми
покупателями* обращаться в отдел зарубежных продаж ТД «Эксмо»
E-mail: **international@eksmo-sale.ru**

*International Sales: International wholesale customers should contact
Foreign Sales Department of Trading House «Eksmo» for their orders.*
international@eksmo-sale.ru

Подписано в печать 16.08.2012. Формат 75×90^1/$_{32}$.
Гарнитура «FranklinGothBook». Печать офсетная. Усл. печ. л. 12,5.
Тираж 3 000 экз. Заказ №6439

Отпечатано с готовых файлов заказчика
в ОАО «Первая Образцовая типография»,
филиал «УЛЬЯНОВСКИЙ ДОМ ПЕЧАТИ»
432980, г. Ульяновск, ул. Гончарова, 14

ISBN 978-5-699-59213-5

9 785699 592135